별을 가슴에 묻고

정태성 수필집

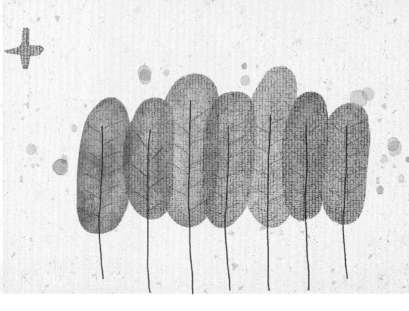

도서출판 코스모스

별을 가슴에 묻고

머리말

누구에게나 소중한 것이 있을 것입니다. 우리가 살아가는 것은 그러한 소중한 것들이 있기 때문이 아닐까 합니다. 하지만 그 소중한 것이 영원히 우리 곁에 있지는 않습니다. 언젠가는 떠나게 되고 이별을 해야 하는 것이 운명일지도 모릅니다.

비록 오래도록 함께 하지도 못하고, 그 소중한 것과 작별을 했을지라도 우리 가슴에는 남아 있을 것입니다. 그런 별과 같은 소중한 것을 가슴에 묻고 살아가야 하는 것이 어쩌면 인생이라는 생각이 듭니다.

사랑하는 것과의 작별이 슬프기는 하지만 영원히 가슴에 묻고 살아갈 수는 있기에 그나마 다행이라고 생각합니다. 오래도록 함께하지는 못하더라도 함께 했던 그 순간은 가슴에 묻힌 채 영원하지 않을까 합니다.

2022. 12.

저자

차례

차례

1. 별을 가슴에 묻고

밤하늘에 수많은 별이 반짝이고 있듯이, 우리도 이 세상을 살아가면서 많은 인연들을 겪게 마련이다. 잠시 왔다가는 인연도 있고, 어느 정도 함께하는 인연도 있으며, 기쁨과 행복을 주는 인연도 있지만, 아픔과 슬픔을 주고 떠나는 인연도 있다. 그런 인연들은 모두 나의 삶과 연관되어 있으니 어찌 보면 한결같이 소중한 것인지 모른다. 이순원의 〈은비령〉은 우리가 살아가면서 잠시 스쳐 지나가지만 소중한 인연에 대해 이야기하고 있다.

"아까 얘기한 영원의 시간에 비하면 아주 보잘것없지만 인간에겐 또 인간의 시간이라는 게 있습니다. 대부분의 행성이 자기가 지나간 자리를 다시 돌아오는 공전 주기를 가지고 있듯 우리가 사는 세상일도 그런 질서와 정해진 주기를 가지고 있듯 우리가 사는 세상일은 모두 2천 5백만 년을 한 주기로 되풀이해서 일어나게 되어 있습니다. 다시 말해서, 2천 5백만 년이 될 때마다 다시 원상의 주기로 되돌아가는 것입니다. 그래서 지금부터 2천 5백만 년이 지나면 그때 우리는 윤회의 윤회를 거듭하다 다시 지금과 똑같이 이렇게 여기에 모여 우리 곁으로 온 별을 쳐다보며 또 이런 이야기를 하게 될 겁니다. 이제까지 살아온 길에서 우리가 만났던 사람들을 다 다시 만나게 되고, 겪었던 일을 다 다시 겪게 되고, 또 여기에서 다시 만나게 되고, 앞으로 겪어야 할 일들을 다시 겪게 되는 거죠."

소중했지만 떠나간 인연을 이생에서 다시 만나지 못한다면, 다음 생에서, 아니면 그 언젠가 다시 만날 수 있는 것일까? 인간의 또다른 시간이 정말 존재하는 것일까? 그러한 또 다른 세계를 우리가 인식을 못하기에 그러한 것은 존재하지 않는다고 믿고 마는 것일까?

이유야 어떻든 나에게 소중했던 인연이라면 다음 생에서라도 만나고 싶은 마음은 부인할 수 없는 사실일 것이다. 비록 그런 해후가 불가능하더라고 그런 꿈을 포기할 수는 없다. 뿐만 아니라 그러한 소중한 인연이 존재했었다는 것만으로도 우리의 삶은 충분히 아름답다고 할 수 있을 것이다.

"그날 밤, 은비령엔 아직 녹다 남은 눈이 날리고 나는 2천 5백만 년 전의 생애에도 그랬고 이 생애에도 다시 비껴 지나가는 별을 내 가슴에 묻었다. 서로의 가슴에 별이 되어 묻고 묻히는 동안 은비령의 칼바람처럼 거친 숨결 속에서도 우리는 이 생애가 길지 않듯 이제 우리가 앞으로 기다려야 할 다음 생애까지의 시간도 길지 않을 것이라고 생각했다. 별은 그렇게 어느 봄날 바람꽃으로 내 곁으로 왔다가 이 세상에 없는 또 한 축을 따라 우주 속으로 고요히 흘러갔다."

소중했기에 오래도록 나의 옆에 머무를 것이라 생각했건만 불현듯 떠나버린다면 얼마나 가슴 아플까? 하루하루 매일같이 떠나간 그 별을 생각하지 않는 날이 없을 것이다. 별인줄 알았건만 바람꽃처럼 잠시 머무르다 우주속으로 흘러갔기에 얼마나 허무하고 안타까울까?

우리는 소중한 별을 가슴에 묻고 그렇게 이 생을 살아가야 되는지도 모른다. 하지만 나는 믿고 싶다. 나에게 소중했던 그 아름다운 별을 그 언젠간, 다음 생에서라도, 다음 생이 아니라면 알 수 없는 그 언젠가는 반드시 다시 만날 수 있을 거라고.

2. 샤갈의 고향

  비테브스크의 하늘을 남자와 여자가 날아다닌다. 샤갈의 마음이 비테브스크의 하늘에 온전히 존재한다. 비테브스크에는 염소와 수탉이 돌아다닌다. 샤갈의 마음이 동네 모든 곳을 돌아다니고 있다. 새뿐만 아니라 사람과 동물들이 비테브스크 위를 날아다닌다. 무슨 좋은 일이 있기에 그렇게 하늘을 모든 것들이 날아다니고 있는 것일까?

  어린 시절의 추억은 마음에서 지워지지 않는 흔적을 남긴다. 옛날의 기억은 나로 하여금 항상 그 아름답고 순수했던 시절로 돌아갈 수 있게 해준다. 샤갈의 마음에도 항상 그가 태어나 자란 고향 마을이 있었다.

  1차대전과 2차대전을 직접 겪으면서 샤갈은 자신이 유대인이라는 사실을 숨기지 않았다. 그것은 그가 젊은 시절 그린 그림에도 여실히 나타난다. 그의 그림에는 유대인의 전통적인 풍습과 상징들이 예술적으로 표현되어 있다.

  마르크 샤갈은 1887년 러시아의 비테브스크 마을에서 태어났다. 폴란드의 국경과 가까웠던 유대인 마을이었다. 형제는 9명이었고 아버지는 가난한 상인이었다. 하지만 그가 보낸 어린 시절의 비테브스크는 그에게 아름답고 따뜻한 시간들을 제공해 주었다. 비테브스크는 샤갈에게 있어 공간적 고향일 뿐만 아니라 마음의 고향이었다. 샤갈은 그곳에서 농사를 짓고, 아버지의 작은 상점을 도왔고, 소나 염소 그리고 닭을 키우며 보냈다. 유대인 회당에 모여 기도를 했고, 친구들과 동네 이곳저곳을 뛰어다녔을 것이다. 그에게 있어 어린 시절의 추억은 보물 그 자체였다. 그가 어릴 때 익숙하게 보아왔던 소, 염소, 농기구, 유대인 회랑, 아버지가 팔던 물건들은 그의 평생의 소재가 되어왔다.

　고향은 항상 그의 꿈속에 있었기에 몽환적이었다. 기억이 나는 것도 있지만, 그렇지 않은 것도 있다. 뿌연 안개 같을지는 모르나 항상 그의 마음속 깊이 자리 잡고 있었다. 그의 고향 끝자락에는 우주가 펼쳐져 있다. 그가 사랑하는 고향인 비테브스크가 그에게는 우주 자체였는지도 모른다. 푸른 하늘과 하얀 구름, 자연의 아름다움이 그의 마음속에 존재하고 있다.

　23세에 예술의 고장인 파리로 가서 본격적인 그림을 공부하고 오랜 세월 타향에서 살았지만, 그의 마음속에는 비테브스크가 항상 자리잡고 있었다.

　우리에게 있어 항상 편안하고 따스함을 주는 존재는 어떤 것일까? 팍팍한 삶을 살아가는 동안 위로와 안식을 주는 것이 있다면 얼마나 좋을까? 아무 거리낌 없이 나의 속마음을 터놓고 이야기할 수 있는 사람이 얼마나 될까? 어떠한 일이 있어도 나를 믿어주고 인정해 주는 사람이 있는 것일까? 우리는 지금 마음의 고향

없이 살아가야만 하는 것은 아닐까?

전쟁이 나면 피난처가 있어야 하듯, 삶을 걸어가는 길 위에 마음의 고향같은 안식처가 있다면 얼마나 좋을까? 샤갈의 마음속에 영원히 존재했던 그러한 마음의 고향처럼 모든 것을 내려놓고 아무 생각없이 지낼 수 있는 그러한 곳이 있기를 소망하는 것은 무슨 이유 때문일까?

3. 속죄가 의미있는 것일까?

영화 어톤먼트는 맨부커 상을 수상한 이언 매큐언의 소설을 영화화한 것입니다. 어톤먼트(Atonement)란 우리나라 말로 속죄란 뜻입니다. 어떻게 해서 이런 제목이 붙었던 것일까요? 누가 대체 어떤 잘못을 했길래 속죄를 원하고 있는 것일까요? 그 속죄가 정말 이루어졌을까요?

소설가를 꿈꾸는 13살의 브라이오니(시얼샤 로넌)는 상상력이 풍부한 소녀였습니다. 그녀의 언니인 세실리아(키이라 나이틀리)와 로비(제임스 맥어보이)는 마음을 숨기고 있었지만, 사실 어릴 때부터 서로 좋아하는 사이였습니다.

어느 날 로비가 세실리아의 집으로 놀러 옵니다. 그날 마침 일어난 사건으로 로비가 범인으로 지목됩니다. 하지만 로비는 전혀 그 사건과 관계가 없었습니다. 브라이오니는 자신의 상상력을 바탕으로 잘 알지도 못한 채 로비가 범인이라고 증언합니다. 어린 소녀가 거짓말을 할 거라고 생각한 사람은 없었고, 이로 인해 로비는 경찰에 연행되어 감옥에 가게 될 상황에 처하게 됩니다. 하지만 당시는 2차 세계대전이었고 감옥에 가는 대신 전쟁터로 가게 됩니다.

로비를 잊지 못하는 세실리아는 간호사가 되었고 그가 돌아오기만을 기다립니다. 로비 또한 전쟁이 끝나서 세실리아에게 돌아가기만을 희망하며 끔찍한 전쟁을 버텨냅니다.

로비는 다음과 같이 말합니다.

"돌아갈게.

너를 찾을게.

너를 사랑할게.

너와 결혼할게.

그리고

한 점 부끄러움 없이 살도록 할게."

하지만 전쟁은 세실리아와 로비의 사랑을 앗아버리기에 충분했습니다. 제대를 얼마 남기지 않은 로비는 덩케르크 철수 전에 패혈증으로 결국 사망하게 됩니다. 세실리아 역시 간호를 하던 중 투하된 폭탄으로 인해 세상을 떠납니다. 순수했던 세실리아와 로비의 사랑은 그렇게 허무하게 끝나고 맙니다. 만약 브라이오니의 증언만 아니었다면 그들은 아름다운 사랑을 할 수 있었을 것입니다.

우리는 흔히 내 주위에 있는 누군가를 잘 알고 있다고 생각합니다. 스스로 다른 사람에 대해 판단합니다. 그 사람의 잘못을 확신하기도 합니다. 그 사람의 상황을 이해하려고 하지 않은 채 나 자신의 안목으로만 모든 것을 결정합니다. 제대로 알고 있지 않으면서도, 자신이 제대로 알고 있다는 사실조차 모른 채 제대로 알려고 노력도 하지 않습니다. 다른 사람과 사건에 대해 자기 마음대로 상상하고 해석합니다. 그것이 전혀 아무런 근거도 없는데도 자신이 알고 있는 것이 전부인 것처럼 믿고 맙니다. 다른 가능성을 전혀 생각하지 않습니다. 자신이 생각하고 있는 것이 잘못일 수 있다는 것에 대해 무감각합니다.

브라이오니의 상상과 오해 그리고 거짓말은 밝은 미래와 희망을 꿈꾸던 세실리아와 로비를 완전히 파멸시켜 버렸습니다. 둘은 사랑은커녕 다시 만나지도 못했고 20대 초반이라는 그 젊은 나이에 그들의 삶은 아침이슬처럼 사라져 버리고 말았습니다.

브라이오니는 나중에 그녀의 꿈대로 소설가가 되었고 치매가 걸릴 때까지 살았습니다. 그리고 그녀는 다음과 같이 말합니다.

"소설가에게 속죄란 불가능하고 필요 없는 일이다. 중요한 것은 그럼에도 불구하고 그가 속죄를 위해 노력했다는 사실이다."

정말 그럴까요? 속죄를 위해 노력했다는 것이 중요한 것일까요? 그녀가 아무리 속죄를 한다고 한들 죽은 세실리아와 로비가 살아서 돌아올까요? 그 둘이 이루지 못한 사랑과 잃어버린 젊은 시절을 다시 회복할 수 있을까요?

속죄는 아무런 의미가 없는 것이 아닐까 싶습니다. 중요한 것은 속죄를 위해 노력하는 것이 아니라 속죄가 될 일을 하지 않는 것이 아닐까요?

자신이 알고 있는 것이 전부가 아니라는 사실, 상상으로 다른 사람을 판단하지 말아야 한다는 사실, 알지도 못하면서 아는 것처럼 거짓말을 하지 않는 그런 것이 더 중요한 것이 아닐까요?

우리가 살아가면서 잘못한 것들은 돌이킬 수가 없습니다. 시간은 절대로 거꾸로 가지 않습니다. 자신이 쌓은 잘못은 그것으로 씨가 되어 다른 문제를 일으킬 뿐입니다. 속죄가 필요하지 않은 인생, 그것이 아마 최선이 아닐까 싶습니다.

4. 그 사람이 없어지면

내가 알고 있던 사람이 어느날 사라지게 되면 어떨까? 그 사람의 부존재로 인해 나의 삶은 어떻게 변하게 될까? 만약 나에게 정말 소중한 사람이었다면, 내가 사랑하는 사람이라면, 혹은 내가 사랑했던 사람이라면 갑작스러운 그의 존재의 없음은 나에게 어떤 영향을 미치게 될까?

무라카미 하루키의 〈여자 없는 남자들〉은 한 남자가 예전에 좋아했던 여자의 사망 소식을 듣고 예전에 그 여인과 함께 했던 추억을 되돌아보며 현재 자신의 내면을 살펴보는 이야기이다.

"그리고 그녀의 죽음과 함께 나는 열네 살의 나를 영원히 잃어버린 것만 같다. 야구팀 등번호의 영구결번처럼 내 인생에서 열네 살이라는 부분이 송두리째 뽑혀 나간다. 그것은 어느 견고한 금고에 안치된 채 복잡한 자물쇠로 봉인되어 바다 밑에 가라앉아 버렸다. 아마 앞으로 십억 년쯤은 그 문이 열릴 일이 없다. 암모나이트와 실러캔스가 그것을 과묵하게 지켜본다. 근사한 서풍도 완전히 잦아들었다."

누군가가 이 세상에서 사라진다는 것은 내가 그와 얽힌 추억이나 시간도 다 사라지는 것인지도 모른다. 더 이상 그는 존재하지 않기에 함께 나눌 수 있는 아무것도 존재하지 않는다. 다시 만날 수도 없고 이야기를 나눌 수도 없다.

"어느 날 갑자기, 당신은 여자 없는 남자들이 된다. 그날은 아주 작은 예고나 힌트도 주지 않은 채, 예감도 징조도 없이, 노크도 헛기침도 생략하고 느닷없이 당신을 찾아온다. 모퉁이 하나를 돌면 자신이 이미 그곳에 있음을 당신은 안다. 하지만 이젠 되돌아갈 수 없다. 일단 모퉁이를 돌면 그것이 당신에게 단 단 하나의 세계가 되어버린다. 그 세계에서 당신은 여자 없는 남자들로 불린다."

내가 알던 어떤 존재가 사라짐으로 나의 많은 것이 변화하기 마련이다. 그 존재 없이 다시 일상을 살아가야만 하고, 그와 함께 무언가를 하려 해도 더 이상 할 수가 없다. 내가 원한다고 해도 그것을 돌릴 수도 없나. 인간의 한세는 너무나 분명하고 당연하다. 우리는 평상시에 그러한 것을 인식하면서도 그저 그러한 순간들을 묻어가며 살아가고 있을 뿐이다.

"그 세계에서는 소리가 울리는 방식이 다르다. 갈증이 나는 방식이 다르다. 수염이 자라는 방식이 다르다. 스타벅스 점원의 응대도 다르다. 클리퍼드 브라운의 솔로 연주도 다른 것으로 들린다. 지하철 문이 닫히는 방식도 다르다. 오모테산도에서 아오야마 1가까지 걸어가는 거리 또한 상당히 달라진다. 설령 그 후에 다른 새로운 여자와 맺어진다 해도, 그리고 그녀가 아무리 멋진 여자라고 해도(아니, 멋진 여자일수록 더더욱), 당신은 그 순간부터 이미 그녀들을 잃는 것을 생각하기 시작한다. 선원들의 의미심장한 그림자가, 그들이 입에 올리는 외국어의 울림이 당신을 불안하게 만든다."

누군가가 없는 세계는 그전의 세계와는 완전히 다를 수밖에 없다. 이제는 그런 새로운 세계에서 살아갈 수밖에 없다. 이전의 세계로 돌아간다는 것은 불가능하다. 그리워해도 만날 수 없고, 사랑한다 해도 어쩔 수 없다. 함께 하고 싶은 시간을 소망한다고 해도 이루어지지 않는다. 그가 없는 세계를 그가 있을 때는 생각지 못했지만, 이제는 그가 없는 세계를 그 없이 살아가야 할 수밖에는 없다.

모든 것이 다른 세계는 그렇게 갑자기 주어진다. 내가 원하지 않아도 이제는 새로운 세계에서 살아갈 수밖에 없는 것이 운명이다. 나와 함께 하는 모든 사람은 그렇게 언젠가 사라지게 마련인 것이 인생일지도 모른다.

5. 하마르티아

　'하마르티아(Hamartia)'란 아리스토텔레스의 〈시학〉에서 처음 사용된 용어로 '판단의 잘못이나 착오 또는 비극적 결함'을 뜻한다. 이는 주로 희곡의 하나의 유형인 비극에서 많이 나오는 것으로 다른 사람보다 뛰어난 재능과 인성을 가진 주인공이 그의 악의 때문이 아닌 순간적이거나 일시적인 잘못으로 인해 소중한 많은 것뿐만 아니라 인생 전체의 비극적 파국을 맞이하게 될 수 있다는 것을 뜻한다.

　아리스토텔레스가 이를 강조한 이유는 간단명료하다. 주인공의 남다른 능력에 비교해 그가 행한 결함의 크기는 극히 사소한 것임에도 불구하고 이로 인해 최선을 다해 살아왔던 그의 모든 노력과 시간이 한순간에 날아가 버리게 되고 결국 종말에 이르러서는 커다란 비극, 즉 죽음으로 끝을 내기 때문이다.

　예를 들어 셰익스피어의 4대 비극중의 하나인 햄릿을 보면, 햄릿은 아버지인 국왕을 잃었고 두 달도 되지 않아 어머니가 자신의 숙부와 결혼하는 모습을 바라만 보고 있을 수밖에 없었다. 그에게는 세상이 원망스러울 수밖에 없었을 것이다. 어머니를 비롯한 어떤 여인도 믿을 수가 없었다.

"사느냐, 죽느냐, 그것이 문제로다. 가혹한 운명의 화살을 참아내는 것이 중요한가, 아니면 고통의 물결을 두 손으로 막아 이를 조절하는 것이 중요한가? 죽음은 잠드는 것, 그뿐이다. 잠들면 모든 것이 끝난다. 마음의 번뇌도 육체가 받는 온갖 고통도, 그렇다면 죽고 잠드는 것, 이것이야말로 열렬히 찾아야 할 삶의 극치가 아니겠는가? 잠들면 꿈도 꾸겠지. 아, 여기서 걸리는구나. 이 세상의 온갖 번뇌를 벗어던지고 영원히 죽음의 잠을 잘 때 어떤 꿈을 꾸게 될 것인지, 이를 생각하면 망설여지는구나. 이 망설임이 비참한 인생을 그토록 오래 끌게 하는 것이다."

햄릿에게는 삶이 허망했다. 더 이상 살아가고픈 의욕이나 이유를 찾지 못했다. 그가 선택할 수 있는 것이 없었다. 오직 그를 슬프게 하는 것을 없애는 것 외에는. 하지만 이러한 과정에서 삶은 전혀 예상하지 못한 곳으로 흘러갔다. 햄릿은 자신이 사랑하는 여인인 오필리아의 아버지를 실수로 죽이게 된다.

오필리아는 애인이었던 햄릿의 실수로 자신의 아버지가 죽자 비탄에 빠지게 되고 이로 인해 오필리아마저 정신적으로 미쳐 햄릿과의 사랑을 이루지 못하고 사망하게 된다. 사랑하는 여인마저 잃은 햄릿의 복수가 두려웠던 햄릿의 숙부이자 왕은 햄릿을 죽이려는 음모를 꾸민다.

아버지를 잃은 오필리아의 오빠를 이용해 햄릿과 결투를 벌이게 하고 이 결투 과정에서 오필리아의 오빠와 햄릿의 어머니마저 죽음을 맞이하게 되고, 왕은 햄릿에 의해 결국 죽게 되고 만다.

아버지의 원수를 갚긴 했지만, 햄릿도 그 많은 짐을 짊어진 채 목숨을 잃는다. 그렇게 모든 사람들의 삶이 파멸에 이르고 말았던 것이다.

오델로의 경우도 비슷하다. 오델로와 데스데모나는 완벽한 사랑이 가능하다고 생각했다. 서로를 너무나 아끼기에 사회의 관습을 넘어설 수 있다고 믿었다. 오델로는 무어인(북서 아프리카의 이슬람교도)이었지만, 그것을 자신의 약점이라고 생각하지도 않았고 열등감도 없었다. 하지만 살아가다 보면 그 여정에서 전혀 예측하지 못한 사건이 일어나기도 한다. 오델로에게 있어 약점이 아니라고 생각했던 것이 결국은 약점이 되어 버리고 만다. 자신은 그러한 열등감이 없을 것이라 생각했지만 무의식중에 자신도 모르는 내면의 깊은 곳에 그러한 것이 숨어 있었다. 평상시에는 아무런 문제가 되지 않았지만 조그만 사건으로 인해 숨어 있었던 삶의 올가미에 걸리고 만다.

"데스데모나가 도저히 길들일 수 없는 매라는 것을 확실히 알게 되면, 만일 마음속에 꼭 잡아매 놓고 싶더라도 나는 휘파람을 불며 깨끗이 놓아줘야지. 돌아오지 않도록 바람 부는 쪽으로 날려 보내고 제멋대로 먹이를 찾게 해야지. 혹시 내가 피부색이 검고 한량들같이 고상한 사교술이 없다고 해서, 또는 내 나이가 이미 한창때를 지났다고 해서, 그녀가 날 버릴는지도 모르지. 결국 모욕을 당한다면, 나를 구하는 길은 그녀를 미워하는 거야. 아, 결혼이란 원망스럽구나. 상냥한 여자를 입으로는 제 것이라고 하면서 그 여자의 욕망은 갖지 못하거든! 사랑하는 사람을 남의 자유에 맡겨 놓고, 자기는 한 모퉁이나 차지할 바에야 차라리 두꺼비가 돼서 땅속 구멍에서 습기나 마시고 사는 것이 낫지."

예상치 못한 일로 의한 데스데모나에 대한 오델로의 의심은 두 사람의 삶을 삼켜버릴 수 있을 만큼 증폭되었다. 그로 인해 오델로와 데스데모나의 온전했던 사랑은 결국 파멸로 이르게 되고 만다.

오이디프스 또한 이러한 것의 대표적 예라 할 것이다. 그리스 신화에 나오는 라이오스는 테바이의 왕이었다. 그는 젊은 시절 펠롭스의 아들 크리스포스가 미소년이었기에 그를 사랑하여 겁탈하였다. 이에 크리스포스는 마음의 깊은 상처를 받고 스스로 목숨을 끊게 된다. 아들을 잃은 펠롭스는 라이오스에게 나중에 라이오스가 왕이 되너라도 아들을 얻시 못할 것이며, 만약 아들을 낳게 되면 그 아들에 의해 목숨을 잃게 되리라는 저주를 퍼붓는다.

나중에 테바이의 왕이 된 라이오스는 아름다운 여인인 이오카스테와 결혼한다. 하지만 결혼 후 오랜 세월이 지나도 자식이 태어나지 못했다. 라이오스는 당시 신탁을 담당한 곳에 찾아가 원인을 물어본 결과 그가 나중에 아들을 얻게 되기는 하는데 그 아들이 장차 아버지인 라이오스를 죽이고 그 아들이 자신의 어머니이자 라이오스 아내인 이오카스테와 결혼하게 될 것이라고 예언을 해 준다.

그리고 얼마 뒤 이오카스테가 아이를 임신하였고 아들을 출산한다. 이에 라이오스는 자신의 아들이 태어나자마자 그 신탁의 예언이 실현될 것이 두려워 이를 미리 막기 위해 아들의 발목을 뚫어 가죽끈으로 묶은 후 자신의 부하를 시켜 사람이 없는 산골짜기에 갖다 버리게 시킨다. 버려진 아이는 곧 죽을 운명이었으나, 주위의 양치는 목동에 의해 발견되어 가까스로 목숨을 건진다. 그리고 그 목동은 주위에 자식이 없는 부부에게 아이를 맡기게 되고 그 부부는 그 아이를 자신들의 자식인 것처럼 성실히 맡아 기른다. 그 아이는 잘 성장하였는데, 어느 날 청년이 되었을 때 주위 사람과 말다툼 끝에 자신은 버려진 아이였고 현재의 부모가 주워다 길렀다는 사실을 알게 된다. 그는 충격을 받아 집을 떠나 길을 가던 중 마차를 타고 가던 한 일행과 마주치는 데 마차를 타고 가던 이가 길을 비키라는 말에 절망한 마음이 화로 돌변하면서 그 마차 타고 가던 이와 시비하던 중 그를 살해하게 된다. 그 마차를 타고 가던 이는 다름 아닌 라이오스였다.

당시 라이오스가 다스리던 나라에는 스핑크스라는 괴물이 나타나 사람들을 무참히 괴롭혔는데 라이오스가 죽었다는 사실이 알려지자 라이오스의 아내인 이오카스테의 친오빠가 섭정을 하게 되었고, 그는 그 스핑크스를 없애는 사람에게 왕위와 이오카스테를 왕비로 주겠다고 공언을 한다. 이에 라이오스의 아들은 그가 죽인 사람이 아버지인 것도 몰랐고, 왕비였던 사람이 자신의 어머니였다는 사실도 모른 채 스핑크스와 대결을 벌여 이기게 된다. 이에 라이오스를 죽인 그 청년은 테바이의 왕이 되었고 자신의 어머니인 이오카스테와 결혼을 해 왕비로 맞이하게 된다. 운명이었는지는 모르나 신탁의 예언이 이루어졌던 것이다. 이 사람이 바로 오이디푸스다. 왕위에 오른 오이디푸스는 이오카스테와 사이에 딸 두 명과 아들 두 명을 낳는다.

시간이 많이 흐른 뒤 이오카스테는 오이디푸스가 자신의 아들이었다는 사실을 알게 되었고 이에 충격을 받아 스스로 목숨을 끊는다. 오이디푸스 또한 이 사실을 알고 나서 마음의 커다란 상처를 얻고 이오카스테의 브로치로 자신의 눈을 스스로 찔러 장님이 된다. 그리고 그와 자신의 어머니 사이에서 태어난 딸인 안티코네와 함께 평생 방랑의 길을 나선다. 다른 딸 한 명과 아들 두 명은 이 모든 사실을 알고 아버지인 오이디푸스를 떠난다.

우리가 살아가다 보면 굳이 뛰어난 능력의 사람뿐만 아니라 평범하게 살아가는 이들에게도 이러한 일은 일어날 수 있다. 일상에서 사소한 실수나 순간적인 판단의 잘못이 그동안 우리가 최선을 다해 이루어 놓았던 것을 하루아침에 붕괴시켜 버리기도 한다.

인간은 불완전한 존재다. 자신의 불완전함을 인정해야 한다. 그렇지 않으면 우리의 삶은 더 복잡하게 얽히게 될 뿐이다. 자신이 생각하는 것이 항상 옳다고 믿는다면 이로 인해 가지 말아야 할 길로 계속해서 가게 될 수도 있다. 나를 돌아보거나 내 주위를 살펴볼 여지도 없이 오로지 자신이 생각하는 것을 이루고자 무한

질주를 하는 것이다. 그로 인해 끊임없는 사고가 일어나게 되고 이로 인한 아픔도 계속될 수밖에 없는 것이다.

　자신이 판단하는 것이 항상 옳다고 생각하는 것, 그것이 가장 치명적인 오판이다. 어떠한 가능성도 배제를 하고 있지 않기 때문에 그는 자신만의 감옥에서 빠져나올 수가 없게 된다. 나 자신의 판단이 잘못일 수도 있고, 나의 생각이 착오일 가능성도 있으며, 나 자신에게 있어 내가 모르는 결함이 있을 수도 있다는 겸손이 더 큰 비극으로 치닫지 않게 하는 가장 중요한 것이 아닐까 싶다. 사소한 것이 우리의 인생을 망치게 된다면 그것만한 비극은 없을 것이다.

6. 잊을 수밖에 없는 세월

 너무나 사랑했기에 잊을 수는 없다. 하지만 운명은 이를 잊으라고 한다. 잊고 살 수 없음에도 불구하고 잊고 살아야만 하는 그 세월은 살아 있어도 산 것이 아닐지도 모른다. 전상국의 〈잊고 사는 세월〉은 거친 운명의 손아귀에 사로잡혀 소중한 것을 잃고 살아갈 수밖에 없는 사람들의 인생을 이야기하고 있다.

 "삼촌이 떠나기 전날 밤이었다. 아버지는 숫제 삼촌과 말도 하려 들지 않았다. 할머니 역시 삼촌 고집을 꺾지 못하자 당신의 손에 낀 반지를 빼어 줄 양으로 그 일을 시작했던 것이다. 손가락에 비누칠을 하고 빼려 했으나 처음부터 헛일이었다. 아침에 일어나 보니 할머니의 왼손 가운데 손가락은 온통 껍질이 벗겨진 채 퉁퉁 부어 있었다. 그 부은 손가락 마디 안쪽에 무늬 다 닳아빠진 금반지가 아직 끄떡없이 버티고 있었다. 그러나 삼촌은 떠나고 말았다. 무엇엔가 단단히 홀린 삼촌은 의용군으로 가기 위해 할머니를 버렸던 것이다."

 시대가 운명이 가족을 그렇게 헤어지게 만들었다. 한 지붕 아래에서 같이 밥을 먹고 살아가는 것이 그렇게 어려운 것일까?

 무엇이 그리 중해서 부모를 가족을 버리고 떠나가야만 했던 것일까? 중요한 것을 목표로 삼아 삶에 최선을 다했다고 해서 인생을 다 이룰 수 있는 것일까?

"할머니 눈에 눈물이 그렁그렁했다. 아버지와 엄마의 거짓말도 용서한 할머니였다. 물론 삼촌이 죽지 않았다는 걸 할머니는 당신 스스로에게 다짐두고 있는 것 같았다. 기왕 갈 거, 눈이 더 쌓이기 전에 갈 걸 그랬다. 할머니는 당신의 옷가지를 챙기며 말했다. 도무지 믿어지지 않을 정도로 할머니가 변해 있었다. 나는 그렇게 변해 버린 할머니가 무서웠다. 할머니 가슴에 삼촌의 무덤을 파고 죽음의 그림자를 던진 게 바로 나였기 때문이다."

마음을 내려놓을 수가 없기에, 아무리 해도 그렇게 한다는 것은 삶을 포기하는 것과 마찬가지이기에 그렇게 할 수가 없었던 것이다.

하지만 운명은 장난이나 하듯이 사람의 그 마지막 마음마저 잃어버리게 만들고야 말았다. 이제는 무엇을 바라고 살아갈 수 있는 것일까? 변하지 않고서야 어떻게 그 남은 세월을 버틸 수가 있을까?

"산비탈 묵은 밭에서 씀바귀를 캐고 있던 같은 수용소에 사는 애들이 물었다. 그러나 나는 들은 체도 않고 골짜기를 치뛰었다. 할머니가 수진이를 안고 갔다. 아버지는 수용소 사무실에서 삽을 빌어가지고 할머니 뒤를 따라 올라가면서 내가 따라오지 못하게 눈을 부라렸다. 수진이는 이미 땅에 묻힌 뒤였다. 삽을 든 아버지가 농구화 신은 발로 땅을 꽝꽝 다져 밟고 있었다. 엄마는 땅을 다지는 아버지 다리에 매달려 몸을 뒹굴며 울었다. 할머니는 수진이 옷가지를 불사르면서 '아이구, 시상에!' 울음 섞인 한숨을 몰아쉬었다. 산을 내려올 때 나는 아버지가 만들어 놓은 수진이 무덤을 몇 번인가 뒤돌아보았다. 수진이 것 옆에 수십 개의 애총이 옹기종기 모여 있었다. 나는 가슴이 텅 빈 것 같았다. 묵은 밭에서 씀바귀 뿌리를 캐던 아이들도 이미 보이지 않았다."

자식마저 가슴에 묻은 채, 어찌 세상을 살아갈 수가 있을까? 목숨을 부지한다고 해서 삶다운 삶이 가능할 수가 있을까? 뻥 뚫린 마음을 어찌해야 할 것인가? 마음 둘 곳마저 잃었거늘 무엇을 바라고 살아갈 수 있을까? 그렇기에 우리의 삶을 결코 쉬울 수가 없다.

7. 아팠던 세월의 흔적

아픔의 시간은 아무리 흘러도 그 흔적이 남아있기 마련이다. 그것으로부터 벗어나고 싶어도 벗어나기에 힘들고, 평생 그것의 그늘에서 지내야 하는지도 모른다. 이문열의 〈그 세월은 가도〉는 지나온 세월의 힘든 여정이 남아있는 삶의 길마저 붙잡는다는 이야기이다.

"할머니는 병석에서 가끔씩 외아들에 대한 그리움을 그렇게 표현하시곤 했다. 그리고 한과도 흡사한 그 그리움은 주검과 함께 땅속으로 가져가셨지만, 그 못지않게 할머니의 가슴을 짓누르고 있던 공포와 불안은 고스란히 며느리에게 남겨주고 가셨다. 바로 그 공비들의 습격이 있던 날 밤 거의 광적인 상태로 드러났던 공포와 불안이었다. 그날 밤은 맹목적인 모성애로 나를 잡아 두었으나 어쩌면 어머니 또한 처음부터 할머니와 똑같은 크기의 공포와 불안을 가슴 속에 지니고 있었는지도 모를 일이었다. 돌이켜 보면 그의 어린 날은 그 공포와 불안에서 벗어나기 위한 어머니의 노력으로 이어져 있다고 해도 지나친 말은 아니었다. 어머니가 택한 방법은 끊임없는 이사였는데, 심할 때는 일 년에도 두세 번씩 이사를 다녔다. 그거도 대개는 동네에서 동네가 아니라 도회에서 도회에로의 이주였다."

　전쟁으로 인해 아들을 잃은 어머니의 아픔보다 더 큰 상처는 없을 것이다. 할 수 있는 것이 하나도 없었기에 그 아픔은 한이 되어 평생의 삶을 비틀어 놓았다. 그 상처는 삶의 공포와 불안으로 이어져 죽을 때까지 그것으로부터 자유로울 수가 없었다.

　"어머니의 기독교에 대한 그 같은 몰입은 당시의 일반적인 의심을 훨씬 뛰어넘는 것이었다. 철이 든 후의 추측이긴 하지만 그때 어머니가 교회에서 구한 것은 언제나 그녀의 영혼을 물어뜯고 있는 그 공포와 불안으로부터 둔피처였으며, 신앙은 바로 땅 위에서의 온전한 삶을 보장하는 일종의 생존방식이었는지도 모를 일이었다. 어쨌든 광신적이라고 말할 수밖에 없는 몇 년이 지나가고, 교회가 기억해주는 사람이 되면서부터 어머니는 차츰 자신과 그들 어린 삼 남매의 생존에 확신을 가시기 시작했다. 그리고 그와 함께 어린 그에게는 결코 이 세상에 존재하는 것 같지 않게 느껴지던 고향도 차츰 그들 일가를 신사스런 삶에서 구해줄 희망의 땅으로 모습을 드러냈다."

　과거의 상처는 우리에게 어떤 집착으로 이끌게 되곤 한다. 이는 그 아픔으로부터 벗어나고자 하는 몸부림의 결과일 수밖에 없다. 그렇지 않으면 버틸 수가 없기에, 더 이상 앞으로 나아갈 수가 없기에 우리는 종교나 다른 어떤 것에 집착하여 이로부터 해방을 갈구하는지도 모른다.

　"그러나 그때는 오지 않고 그들과의 악연은 계속됐다. 결국 그들이 찾아와서 하는 일이란 몇 마디 공식적인 질문과 소재 파악에 지나지 않았지만, 그에게는 일쑤 돌이킬 수 없는 불리를 입히곤 했다. 우선 그가 많지 않은 나이에 여섯 번이나 직장을 옮기게 된 것은 대개 그들의 방문이 원인된 것이었다. 신원조회는 한때 공무원 자리를 모두 가로막았고, 일체의 해외 진출을 허락하지 않았다. 멋모르고 사관생도를 사랑하여 약혼까지 했던 여동생은 결혼 직전에 파혼당했고 자신의 전락을 집에 알리고 싶지 않았던 누나도 끝내는 어떤 항구도시의 허름한 술집 안주인이 되고 말았다는 사실을 어머니가 알게 하지 않으면 안 되었다."

언젠간 그 상처로부터 자유롭기를 바라지만, 그날은 결코 쉽게 오지 않는다. 차라리 버릴 수 없다면 끌어안고 살아가는 것이 현명할지도 모른다.

세월의 상처는 아물기에 너무 많은 시간이 걸리고, 이로부터 삶의 희망을 품기에도 시간이라는 커다란 장애물이 가로막고 있을 뿐이다. 아무리 세월이 흘러도 그 아팠던 상처의 흔적은 영원히 우리의 삶에서 지워지지 않을지도 모른다.

8. 왜 배트맨일까?

어떤 존재에 이름이 있는 것은 그만한 이유가 있을 것이다. 히어로우 영화인 배트맨, 이 사람의 이름은 왜 배트맨인 것일까?

주인공인 웨인(크리스찬 베일)은 어린 시절 부모님이 눈앞에서 살해당하는 것을 목격하게 된다. 이로 인해 그는 엄청난 분노로 고통을 느낀다. 또한 부모님의 죽음에 대해 자신은 아무런 것도 하지 못했음에 죄의식도 심하다.

그는 복수를 위해 스스로 범죄자의 소굴로 들어간다. 적을 이기려면 적에 대해 알아야 하기 때문이다. 그곳에서 그는 듀커드(리암 니슨)을 만나 어둠의 사도라는 조직에 가입하라는 권유를 받는다. 이 조직은 '눈에는 눈 이에는 이'라는 방법으로 복수를 해왔다. 웨인은 이들과 자신은 잘 맞지 않는다고 판단하여 다시 집으로 돌아온다.

그리고 그는 자신의 어두운 내면세계를 한 차원 승화시킨다. 일종의 내적 성장이다. 웨인이 새로운 자아인 영웅으로 탄생되는 곳은 수많은 박쥐들이 있는 동굴 속이었다. 그는 동굴에서 박쥐들의 습격을 받았을 때 죽을 것만 같았다. 인간의 한계를 느끼는 공포였다. 하지만 그러한 한계와 공포를 극복하는 것은 자신밖에 없음을 깨닫는다. 외부의 그 누구도 그를 도와주지 못한다는 사실을 알았다.

컴컴한 동굴에서 수백 마리의 박쥐들이 날아다닐 때 어릴 적 그의 내면에 깊게 새겨진 아픔이 되살아났다. 그림자처럼 따라다녔던 그의 트라우마를 스스로 이겨내야 함을 알았다. 그는 자신을 고통 속에서 헤어나지 못하게 만들었던 그 어둠의 그림자를 자기의 것으로 승화시켰다. 자신의 트라우마가 그림자처럼 영원히 함께한다는 것을 더 이상 부인하지 않았다. 그 또한 자신의 일부임을 알았던 것이다.

자신을 괴롭히는 그림자와 하나가 될 때 그는 새로 태어날 수 있었다. 그를 힘들게 하고, 그를 괴로움에 빠뜨리고, 그를 고통 속에서 헤어 나오지 못하게 하는 것을 그는 그대로 받아들였다. 웨인은 그 모든 것을 자기 것으로 내면화시켰다. 동굴 속의 수많은 박쥐가 자신에게 공포를 주었지만, 이제 그 박쥐를 자신의 것으로 포용했다. 그리고 그 박쥐를 트레이드 마크로 삼았다. 한때는 피하고 싶었던 존재, 두려움에 짓눌렸던 그 존재를 가슴에 새겨 이를 극복했다. 그리하여 그는 진정한 영웅인 배트맨으로 탄생할 수 있었던 것이다.

우리가 살아가다 보면 우리를 힘들게 하고, 괴롭게 하고, 어려움에 처하게 만드는 존재들이 당연히 있을 수밖에 없다. 그것을 두려워하거나 피하려 하거나 잊으려 한다면 영원히 그것으로부터 자유로울 수가 없을 것이다. 그것을 아예 나의 것으로 만들어 극복하는 것이 새로운 자아로 태어날 수 있는 계기가 될 것이다. 포용의 힘은 그만큼 클 수밖에 없다. 나의 내면의 세계가 작다면 절대로 이루어질 수 없는 것이다. 커다란 내적 자아가 그것을 가능하게 만든다. 커다란 내적 자아는 바로 그림자처럼 따라다니는 그 수많은 박쥐를 나의 것으로 만드는 것이 아닐까 싶다. 배트맨은 그렇게 영웅이 되었기에 그 모든 악을 물리칠 수 있었다.

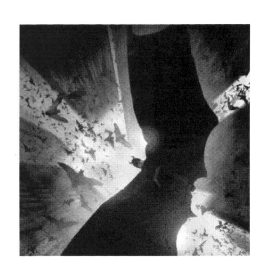

9. 오늘 그 자리에서

살다 보면 많은 사람을 만나게 되고, 그 사람들 중에 오래도록 기억이 남는 사람이 있기 마련이다. 최인호의 〈산문(山門)〉은 깊은 산속 오래된 사찰에 평생을 수행하며 살아가던 어느 한 스님이 만난 기억할 수밖에 없는 어느 한 사람에 대한 이야기이다.

"여인은 어째서 잉태된 지 넉 달이 되는 아이를 지워 버렸을까. 사랑하는 남자로부터 버림을 받은 것일까. 장래를 약속하고 서로 육체를 나눈 남자가 갑자기 마음이 변해서 돌아서 버린 것일까. 그날 밤 법운은 저녁 예불을 올리면서도 줄곧 그 생각을 떨쳐버릴 수가 없었다. 여인의 눈빛으로 보아 여인은 간절히 뱃속의 아이를 낳아 기르고 싶은 소망을 가지고 있었음을 알 수 있었다. 그런데 그 소망은 무참히 짓밟혔다. 여인은 허름한 산부인과로 찾아가 수술대 위에 다리를 벌리고 누웠을 것이다. 전신을 마취한 후 여인은 그토록 간절히 바라던 사랑하는 남자의 날카로운 쇠꼬챙이로 갈가리 찢어 잔인하게 죽여 버렸을 것이다."

새로운 생명은 사랑의 결과일 터인데 어째서 그 여인은 그 사랑도 잃고 새로운 생명마저 잃고 말았던 것일까? 그 새로운 생명의 반은 그 여인으로부터 온 것일 터인데 그마저 포기할 수밖에 없었던 이유는 무엇이었을까? 운명의 힘이 그리 컸던 것일까? 사랑의 어느 한쪽이 더 무거워 다른 사랑을 포기해야만 했던 것일까? 푸르른 소망이 있었건만 어찌해서 그것마저 잃어버리고 말았던 것일까?

"천도제를 지낼 동자상을 만들 때부터 법운의 가슴속으로는 처연한 슬픔이 고여들고 있었다. 법운은 그 동자처럼 갓난아기 때 법당에 버려진 아이로 발견되었다. 아무도 없이 빈 촛불만 타고 있는 법당 안에서 자지러지게 홀로 울고 있는 어린아이를 발견한 것은 노스님이었다. 여승들만 머무르고 있는 암자에서 법운은 자랐다. 젖이 나오지 않는 노스님의 젖을 빨면서 법운은 동승이 되었다. 노스님을 할머니로 여승들을 어머니로 부르면서 법운은 별 걱정 없이 자랐는데, 법운이 자신의 비밀을 알게 된 것은 초등학교에 들어가고 난 이후부터였다."

자신 또한 버려졌기에, 그 버림의 아픔을 충분히 알 수 있었다. 그나마 생명을 보존할 수 있었던 것만도 축복이었는지 모른다. 그 버림의 속세가 싫어서 깊은 숲속에서 살아가고 있는지도 모른다. 인간의 그 냉혹한 마음의 단면을 그는 일찍부터 알고 있었을 것이다.

"비록 제련소의 굴뚝에서 미련도 애착도 미움도 증오도 슬픔도 원한도 번뇌도 탐욕도 모두 굴뚝의 연기와 더불어 태워 버리고 다시 출가하여 승려가 되었지만, 가슴속에 묻어 있는 한은 아직 남아 있는 마음속의 광석을 태워 쇳물을 뽑아내는 용광로처럼 이

글이글 타오르며 검은 연기를 뿜어대고 있었던 것이었다. 법운은 종이로 만든 동자상이 마치 이십여 년 전 포대기에 씌워져 법당에 버려진 자신의 분신인 것 같은 느낌이 들었다. 그러므로 내일 올리는 천도재는 그 여인이 낙태시킨 갓난아이의 영혼을 달래주는 다비장이기도 하였지만, 태어나자마자 버려진 비참한 자신의 어린 시절의 영혼을 달래주는 진혼제인 것 같은 느낌이 들어 내내 법운은 마음이 무겁고 상심되었던 것이었다."

그래서 스스로 자신의 목숨을 버리려 했는지도 모른다. 사랑을 받은 적이 없었기에, 누군가를 바랄 수가 없기에, 삶이란 별것이 없다는 것을 알기에, 남아 있는 시간도 별 수 없을 것이라 생각되기에, 스스로 자신을 내버리고 싶었는지도 모른다.

그래도 그는 깊은 산속에서나마, 머리를 깎은 채 무언가를 할 수 있는 것이 있다는 것을, 알지도 못하는 이를 위해 조그마한 위로라도 해줄 수 있다는 것을 알기에 오늘 그 자리에서 존재하고 있는지도 모른다.

10. 멀지만 아름다운 동네

양귀자의 〈원미동 사람들〉은 평범한 소시민들의 엄연한 현실을 따뜻하게 이야기하고 있다. 원미동이라는 이름은 글자 그대로 '멀지만 아름다운 동네'란 뜻이다. 이곳은 비록 조그마한 동네일지 모르나 그 안에 살아가고 있는 사람들의 세계는 결코 작다고 볼 수 없다. 그것은 인간의 모든 삶이 그 안에 들어있기 때문이다.

소설에서 원미동에 살고 있는 사람들은 비록 지금은 차가운 현실 속에서 힘들게 살아가고 있지만, 미래에 대한 희망을 결코 놓지 않는 모습을 보여주고 있다.

그들이 희망을 포기하지 않는 이유는 명료하다. 그것은 나의 삶은 나만의 것이 아니라 내가 사랑하는 가족과 나와 인연이 있었던 사람들 모두의 것이기 때문이다. 만약 나 자신이 희망을 잃으면 나의 사랑하는 사람들의 희망마저 사라질 수 있기에 그들은 결코 그러한 길을 가지 않는다. 비록 나의 삶은 힘들지만 내가 사랑하는 사람들의 삶은 더욱 나아지기를 소망하여 그들은 힘든 오늘을 살아내고 있다.

물론 원미동에는 다른 동네 사람들과 마찬가지로 살아가는 어려움과 고통 또한 존재한다. 희망이 있지만, 절망도 있고, 소외

와 폭력도 있으며, 무시와 질시도 존재한다. 이해도 있지만, 갈등도 있으며 배려도 있지만 이기심도 있다. 하지만 그 모든 것에도 불구하고 그들은 지금보다 더 나은 삶을 간절히 소망한다. 그래서 나중에는 지금 받는 그 어려움이 없는 그러한 시절이 언젠가는 올 것이라 믿고 있다.

그들은 부스러진 그들의 삶의 파편을 스스로 주워 담고, 얼마 되지 않는 돈으로 가슴 졸이며, 하루하루를 간신히 살아가는 듯 보이지만, 그러한 하루가 모여 밝은 새로운 날이 열릴 수 있으리라는 것을 잘 알고 있다.

〈원미동 사람들〉은 연작소설로 여러 종류의 많은 사람의 이야기가 포함되어 있다. 그 첫 번째는 '멀고 아름다운 동네' 편으로 서울살이를 버티지 못하고 결국 서울을 떠나 부천의 원미동으로 들어가는 모습을 담고 있다.

"얼어붙은 강을 보자 새삼스레 추위가 덮쳐왔다. 아내는 조금 춥다고 말했지만 그로서도 이미 상당한 추위를 느끼고 있는 중이었다. 그녀가 담요 속으로 손을 넣어 차디찬 발을 비비기 시작했다. 밑바닥에 깐 방석도 그들의 체온만으로는 좀체 더워 오지 않았고 두 다리를 감싼 냉기가 서서히 오한으로 번져올 조짐이었다. 가까이 와. 그는 아내를 바짝 끌어당겨 어깨를 감싸 안았다. 움직일 때마다 미끄러져 내리는 옷가지를 끌어올리면서 아내가 조그만 목소리로 말했다. 아직 멀었죠? 어떡해요. 벌써 추우니…"

서울에서 살던 조그만 집에서마저 쫓겨나와 아무리 해도 서울에서 살아갈 집을 구할 수 없어, 추운 겨울날 그들은 짐을 싸야 했다.

조그만 트럭에 모든 살림을 실어 넣고, 운전사 옆에는 어머니와 아이들을 태우고, 자신과 아내는 뒤 화물칸에 앉아 부천을 향해 가야 했다. 매서운 겨울바람이 트럭의 화물칸에 들어올 때마다 남편은 애써 아내를 위로한다.

"근무 시간에도 잠깐 빠져나와 방을 구하러 쏘다니면서 그는 금방이라도 아내에게서 진통이 시작되지나 않을까 우려하였다. 집에서 전화가 걸려 오기만 해도 가슴부터 덜컥 내려앉았다. 마음이 급하고 집은 좀체 나서지 않았다. 집과 돈과 이사 날짜가 제대로 맞아떨어지는 경우를 찾아내는 일은 너무나 힘들었다. 어지간한 선세는 놀랄 만큼 비쌌고 돈이 맞으면 집이 말할 수 없이 비좁고 불편했다. 이만하면 됐다 싶은 집이 나서는 수도 있기는 하였다. 그러나 날짜를 맞추어보면 또 어긋나기 일쑤였다. 만삭의 아내도 뒤뚱뒤뚱 집을 보러 다녔다. 토요일이나 일요일은 온 가족이 나서서 집값 싼 동네로 전세 구하기 원정을 떠나야 했다."

수많은 집들이 있지만, 그들 한 가족의 명패를 붙일 집은 없었다. 아무것도 없이 빈손으로 시작한 인생살이에서 집 한 채 마련한다는 것이 그들에게 꿈에 가까웠다. 현실은 그들의 꿈마저 지워버릴 정도로 너무나 매몰차고 인정 없었다.

"그 넓은 서울특별시의 어디에도 붙박여 있지 못한 자신의 삶을 되씹어보고 싶지는 않았다. 전세 계약 기간이 6개월이었던 때부터 어머니와 둘이서 전세방을 떠돌기 시작했었다. 대학 졸업반이 되자 어머니는 지방의 누님네에서 올라와 그의 자취방에 합세했다. 결혼을 하면서 방은 불가불 두 개가 필요했고 이때까지 두 개의 방과 마루를 얻기 위해 악전고투하며 살아왔다는 느낌이었다. 방이 그들을 내쫓는 때도 있고 그들이 방을 버리고 떠난 때도 있었다. 하지만 대개의 경우 방이 그들을 내몰았다. 그렇게 수도 없이 이사를 다니며 얻은 결론은 한 가지, 집이 없으면 희망도 없다는 사실이었다. 희망이란, 특히 서울에서 살고 있는 이들에게 희망이란 집과 같은 뜻이었다."

가난한 집에서 태어나 하나부터 열까지 모든 것을 자신의 힘으로 해결해 나가야 한다는 것이 얼마나 힘들고 어려운 것인지는 경험해 본 사람만이 이해할 수 있을 것이다. 어린 시절부터 수없이 이사를 할 수밖에 없었던 그 삶은 집이 곧 희망이라는 인식으로 굳어질 수밖에 없었다. 언제 자신의 이름으로 된 집을 소유할 수 있을 것인지, 그날이 올 수는 있는지 알 수는 없지만 내 집이라는 희망은 포기할래야 포기할 수 없었다.

"마침내 트럭은 멈추었다. 노모와 어린 딸과, 만삭의 아내를 이끌고 그는 이렇게 하여 멀고 아름다운 동네, 원미동의 한 주민이 되었다. 트럭이 멈추자 맨 처음 고개를 내민 것은 강남 부동산의 주인 영감이었고 이어서 어디선가 꼬마가 서넛 튀어나와 트럭을 에워쌌다. 미장원 집 여자는 퍼머를 말다 말고 흘끗 문을 열어 보

았다. 지물포 집 사내도 도배일을 하다가 트럭이 멈춘 것을 보았
다. 연립주택의 이층 창문으로 나타난 퀭한 눈의 한 청년도 트럭
이 짐을 푸는 것을 지켜보았다."

그렇게 수없이 이사를 하고 이제 서울마저 떠나 부천의 원미동
에 자리 잡은 그들에게 어떠한 삶이 기다리고 있을까? 비록 그곳
에서도 팍팍한 삶이 이어질 것은 뻔하지만, 그래도 조금 더 따뜻
하고 조금은 더 인간적이며, 이성적인 그러한 삶이 그들에게 주
어질 수 있기를 희망해 본다.

삶은 현실이 어떨지라도 아직 남아 있는 시간이 있기에 살아볼
만한 것이 아닐까 싶다. 우리가 오늘을 살아가는 이유는 바로 과
거나 지금보다 나은 시간이 우리를 위해 기다리고 있기 때문이
아닐까 싶다.

11. 기다림에 지쳐

기다림은 사랑이다. 사랑하기에 기다리는 것이다. 사랑하지 않는다면 기다릴 이유가 없다. 오래도록 기다린다는 것은 사랑의 깊이가 그만큼 크다는 뜻이다.

하지만 기다림에도 끝이 있다. 시간이 지나면 육체와 정신도 지쳐가기 마련이다. 기다림 끝에 그가 오지만, 이제 남아 있는 것은 그저 바라보는 것밖에는 없다. 그 많은 시간을 기다림에만 썼기 때문이다. 더 많이 행복하고, 더 기쁘고, 더 즐거울 수 있는 시간을 오로지 기다리기만 했다. 이제는 행복할 수 있는 시간도, 함께 무언가를 할 시간도 남아 있지 않다.

기다리다 지쳐 영혼마저 슬프고 기뻐할 마음마저 잃어버렸다. 어긋난 사랑이 아니길 바랐지만, 어긋난 것이 아닐까 하는 그 운명이 애꿎을 뿐이다.

〈석문(石門)〉

조지훈

당신의 손끝만 스쳐도 여기 소리 없이 열릴 돌문이 있습니다. 뭇 사람이 조바심치나 굳이 닫힌 이 돌문 안에는, 석벽난간 열두층 계 위에 이제 검푸른 이끼가 앉았습니다.

당신이 오시는 날까지는, 길이 꺼지지 않는 촛불 한 자루도 간직 하였습니다. 이는 당신의 그리운 얼굴이 이 희미한 불 앞에 어리 울 때까지는, 천년이 지나도 눈감지 않을 저의 슬픈 영혼의 모습 입니다.

길숨한 속눈썹에 어리우는 이 두어 방울 이슬은 무엇입니까? 당 신이 남긴 푸른 도포자락으로 이 눈물을 씻으렵니까? 두 볼은 옛 날 그대로 복사꽃 빛이지만 한숨에 절로 입술이 푸르러감을 어찌 합니까?

몇만 리 굽이치는 강물을 건너와 당신의 따슨 손길이 저의 흰 목 덜미를 어루만질 때 그때야 저는 자취도 없이 한줌 티끌로 사라 지겠습니다. 어두운 밤하늘 허공중천에 바람처럼 사라지는 저의 옷자락은, 눈물어린 눈이 아니고는 보지 못하리이다.

여기 돌문이 있습니다. 원한도 사무칠 양이면 지극한 정성에 열리지 않는 돌문이 있습니다. 당신이 오셔서 다시 천년토록 앉아 기다리라고, 슬픈 비바람에 낡아가는 돌문이 있습니다.

  천년이 되도록 변하지 않고 그 자리를 지키고 있는 돌과 같은 사랑이었다. 움직일 것 같은 돌문을 열 수 있는 사람은 오직 한 사람, 그가 사랑하는 사람뿐이다. 다른 이가 그 문을 두드렸지만 천년 동안 열어주지 않았다. 검푸른 이끼가 낄 때까지 그렇게 한없이 기다려왔다.

  촛불 하나 켜놓고 그렇게 기다렸다. 그가 오면 어떤 모습일지 촛불이라도 있어야 볼 수 있기 때문이다. 내가 기다리던 사람이 맞는지 확인하고 싶기 때문이다.

  그렇게 기다려도 오지 않음에 가슴에 한이 되어 눈물만 흐르고 있다. 사랑하는 사람이 있다는 것은 기뻐해야 할 일인데, 왜 눈물만 흐르게 되는 것일까? 사랑하는 마음이 잘못인 것일까? 기다리는 것이 잘못인 것일까? 충분히 행복할 수 있는, 충분히 기뻐할 수 있는 그런 사람인 것을, 어째서 영혼마저 슬퍼지는 걸까?

  기다림에 지쳐 이제 사라질 때가 되었다. 육체건 영혼이건 세상의 그 모든 것은 운명이 있기 때문이다. 더 기다리고 싶지만, 그 운명이 삶을 가져갈 때가 되었다. 기다리고 싶어도 기다릴 수가 없기에 눈물을 머금고 이제는 영영 헤어질 수밖에 없다. 한 번이라도 보기 위해 그 오랜 세월을 기다렸건만, 영원히 볼 수 없는 운명인 줄을 몰랐다. 그가 평생에 한 일은 오직 기다림뿐이었다.

12. 사랑이 너무 많아도 사랑이 너무 적어도

누구는 자신에게 너무 관심을 갖는다고 싫다고 합니다. 누구는 자신을 너무 많이 사랑해 준다고 버겁다고 합니다. 누구는 자신을 홀로 있게 한다고 외롭다고 합니다. 누구는 자신에게 신경을 써주지 않는다고 속상하다고 합니다.

어떤 이는 자신이 사랑을 베푼 만큼 돌아오지 않아 마음 아파하는 이도 있습니다. 바라고 한 것은 아니지만 은근히 기대를 하는 것은 인지상정인가 봅니다. 어떤 이는 자신이 받은 만큼 보답해야 하는 데 그러지 못해 안타까워하는 이도 있습니다. 기회가 닿지 않은 것인지, 시간이 흘러가 버린 것인지 무언가 잘 맞지 않았나 봅니다.

사랑이 너무 많아도 문제고, 사랑이 너무 적어도 문제가 되는 것일까요? 사랑의 마음만 있어도 문제고, 사랑 없이 방식에만 능숙한 것도 문제인 것일까요?

어제는 친한 친구를 만나 배불리 먹었습니다. 소화가 되지 않아 소화제까지 먹었습니다. 오늘은 정신없이 바빠 점심조차 먹을 시간이 없었습니다. 저녁때가 되니 배가 고파집니다. 배가 불러도 문제, 배가 고파도 문제인가 봅니다.

〈11월의 나무처럼〉

이해인

사랑이 너무 많아도
사랑이 너무 적어도
사람들은 쓸쓸하다고 말하네요

보이게
보이지 않게
큰 사랑을 주신 당신에게
감사의 말을 찾지 못해
나도 조금은 쓸쓸한 가을이에요

받은 만큼 아니 그 이상으로
내어놓는 사랑을 배우고 싶어요
욕심의 그늘로 괴로웠던 자리에
고운 새 한 마리 앉히고 싶어요

11월의 청빈한 나무들처럼
나도 작별 인사를 잘하며
갈 길을 가야겠어요

사랑이 많은 것이 왜 문제가 되는 것일까요? 사랑이 적은 것이 정말 문제가 되는 것일까요? 사랑하는 사람과 언제 작별을 해야 할지 우리는 알 수가 없습니다. 오늘 만나는 사람을 영원히 만나지 못할 수도 있습니다. 사랑이 너무 많아도 사랑이 너무 적어도 쓸쓸해하지 말고 그저 있는 그대로를 감사해야 하지 않을까 싶습니다.

13. 인생은 파친코일까?

　자신의 운명은 스스로 개척할 수 있다고 말하기도 하지만 그것은 어쩌면 커다란 착각일지 모른다. 삶의 주인은 자기 자신에게 달려있다고 하지만, 결코 그렇지 않을 수도 있다. 인생의 많은 것이 자신에 의해 이루어질 수 있다고 생각할 수 있지만, 그렇지 않은 것도 산재한다.

　삶은 불확실성으로, 어쩔 수 없음으로, 나의 능력과 한계를 넘어서는 그 어떤 힘으로, 도저히 감당 못 할 인연으로, 전혀 예상하지 못했던 일들로, 그렇게 나의 의지와 상관없이 흘러갈 수도 있다.

　이민진의 〈파친코〉는 양진-선자-노아-솔로몬 4대에 이르는 한 이민 가족의 파란만장한 삶을 이야기하고 있다. 자신의 목숨과도 바꿀 수 있는 사랑일지라도 그것이 허무하게 사라지기도 하며, 진심으로 마음 깊이 자리 잡았던 사람이었어도 아름다운 순간을 같이 하지 못한 채 그렇게 떠나가 버리기도 한다는 확률과 같은 삶의 어쩔 수 없음을 보여준다.

　"모자수는 인생이 파친코 게임과 같다고 믿었다. 다이얼을 돌려서 조정할 수 있지만, 통제할 수 없는 요인들로 생긴 불확실성 또한 기대한다는 점에서 비슷했다. 모자수는 고정돼 보이지만 무작위성과 희망의 여지가 남아 있는 파친코를 왜 손님들이 계속 찾는지 이해할 수 있었다."

우리의 삶이 우리가 뜻하는 대로, 바라는 대로 되어간다면 얼마나 좋을까? 짧지 않은 인생이기에 내가 바라는 최소한의 것이라도 이루어진다면 얼마나 행복할까? 하지만 우리의 삶은 나 자신의 의지와 소망대로 이루어지지 않는 것이 더 많을지도 모른다. 그럼에도 불구하고 그러한 작은 소망이나 희망을 포기하지 못하는 이유는 나의 삶이기 때문에 사랑할 수밖에 없기 때문이 아닐까 싶다.

"선자가 그리워하는 것은 한수도, 심지어 이삭도 아니었다. 선자가 꿈에서 다시 보고 있는 것은 자신의 젊음과 시작, 소망이었다. 선자는 그렇게 여자가 됐다. 한수와 이삭과 노아가 없었다면 이 땅으로 이어지는 순례의 길도 시작되지 않았으리라. 이 아줌마의 삶에도 평범한 일상 너머에 반짝이는 아름다움과 영광의 순간들이 있었다. 아무도 몰라준다고 해도 그것은 사실이었다. 사랑했던 사람들이 항상 곁에 있었다는 사실에 위안을 받았다. 가끔 기차역 매점이나 책방 창문 앞에서 어린 시절 달콤한 풀 향기를 떠올렸고 노아가 항상 최선을 다하며 살았음을 기억했다. 그런 순간에는 노아를 꼭 붙들기 위해서 혼자 있는 것이 좋았다."

아무리 사랑하는 사람이라도 인연의 끝은 있기 마련이고, 마음을 다해 애를 쓴다고 해도 사랑의 아픔은 존재할 수밖에 없다. 그 무엇이 우리의 인생을 이끌고 있는지는 알 수 없으나, 우리가 걸어가는 그 길을 나름대로 최선을 다할 수밖에 없으니 어쩌면 그것에 만족해야 하는 것이 전부일지 모른다. 붙잡으려 한다고 해서 잡히는 것도 아니고, 밀어낸다고 해서 밀어낼 수 있는 것이 아니다. 다만 아름다운 순간이 있었다는 것만으로도, 사랑했던 사람이 있었다는 것만으로도, 나의 한계에 이를 만큼 최선을 다해 살았다는 것만으로도, 아니 이 땅에 존재했었다는 것만으로도 삶에 대해 부정하지 말아야 할 이유가 아닐까 싶다.

14. 나를 넘어서는 빌런(Villain)

　영화 〈양들의 침묵〉에서 희대의 살인마 한니발 렉터(앤소니 홉킨스)와 FBI 요원 클라리스 스탈링(조디 포스터)은 범죄자와 수사관의 위치에 있었지만 어떤 동질성을 교감한다. 그 이유는 무엇이었을까? 클라리스는 그녀의 아버지가 살해당했을 때 그녀가 할 수 있는 것은 아무것도 없었다. 너무나 어린 아이였기에 아버지의 죽음을 눈앞에서 보고만 있을 수밖에 없었다. 클라리스는 양처럼 아무런 힘이 없었다. 한니발 렉터는 악인 중의 악인이었다. 빌런의 최고 단계였다.

　그런 한니발에게 수습 요원이었던 클라리스가 왜 보내진 것일까? 한니발 렉터의 과거 시절을 살펴보면 그 이유를 알 수 있다. 최고의 악당인 한니발도 그가 어린 시절이었을 때 양과 같은 힘 없는 존재였다. 둘 다 같은 위치에 있었던 것이다. 2차대전 당시 리투아니아에서 살았던 한니발과 그의 여동생인 미샤는 전쟁의 광기에 빠져있던 독일군을 피해 어느 농촌의 창고에 숨어 있었다. 한니발과 미샤에게는 그들을 지켜줄 부모나 그 누구도 없었다. 그들은 독일군에게 잡히면 곧 죽음이라는 것을 알았기에 가장 은밀한 곳에 숨을 수밖에 없었다. 하지만 독일군에게 한니발과 동생은 너무나 찾기 쉬운 사냥감에 불과했다. 보급이 끊기고 먹을 것이 하나도 없었던 독일군에게는 모든 살아있는 것이 식량으로 보였다. 어린 여자아이였던 미샤를 본 순간 독일군은 가장 맛난 음식을 발견한 미친 늑대로 돌변해 버렸다. 아무 고민도 없이 독일군은 미샤를 잡아먹었다. 당시 한니발은 동생이 독일군에게 잡혀 음식으로 요리되는 것을 눈앞에서 보면서도 아무것도 할 수 없는 양에 불과했다.

한니발과 클라리스는 자신이 가장 사랑하는 사람을 어떠한 저항도 해보지 못한 채 그렇게 잃어버렸다. 그 둘의 동질성이 그렇게 존재했기에 범죄자와 수사요원이라는 다른 위치에 있었을지라도 그들은 그 동질성을 교감할 수 있었다.

클라리스에게 한니발은 자신을 넘어서는 악당이었다. 악당의 능력이 수사요원보다 워낙 월등했기에 한니발은 클라리스에게 연쇄 살인마 버팔로 빌을 잡을 수 있는 방법을 알려줄 수 있었다. FBI 요원이었던 클라리스는 이러한 한니발의 도움으로 연쇄 살인마 버팔로 빌의 집에 들어가 그를 사살할 수 있었고, 인질이었던 피해자도 구할 수 있었다.

한니발 렉터는 자신이 양처럼 아무런 힘이 없어 동생인 미샤가 독일군의 먹잇감이 되었다는 사실에 복수의 칼을 갈기 시작한다. 미샤의 복수를 위해서는 양처럼 순한 존재로서는 불가능하다는 것을 알았기에 한니발은 가장 강한 존재로 변신하기 위해 노력한다. 힘없는 양에서 최고의 악당으로 변한 한니발은 동생을 잡아

먹은 독일군을 하나하나 찾아내어 그가 할 수 있는 최고의 고통을 그들에게 선사한다. 피부를 벗겨내고, 귀나 코같은 부분을 물어뜯었고 물어뜯은 생살을 그들이 보는 앞에서 씹어 먹었다.

클라리스는 한니발이 최고의 범죄자이며 가장 위험한 악당임을 알면서도 자신을 넘어서는 빌런임을 인정했다. 그러한 인정을 받은 한니발은 기꺼이 클라리스에게 자신이 알고 있는 사실을 알려 주었다. 클라리스 이전에는 그 누구도 한니발에게 접근해 성공을 하지 못했지만, 자신의 존재를 인정해 주는 클라리스였기에 한니발은 그가 알고 있었던 많은 것을 얘기해 주었던 것이다. 게다가 한니발은 아직도 양의 위치에 머무르고 있던 클라리스가 이를 극복하고 더 이상 양으로 살아가지 않기를 바랐다.

클라리스가 버팔로 빌을 총으로 사살하고 난 후 한니발을 찾아왔을 때 그는 클라리스에게 묻는다.

"아직도 양의 소리가 들리는가?"

클라리스는 자신을 넘어서는 빌런이었던 한니발을 인정했기에 한 단계 성장할 수 있었고, 그녀에게는 더 이상 양의 우는 소리가 들리지 않았다. 양들은 그렇게 침묵했던 것이다.

빌런이라는 존재를 밀어낼 생각만 해서는 안 될지도 모른다. 다른 FBI 요원들은 단순히 범죄자이자 악당으로만 한니발을 인식했고 자신을 넘어서는 한니발의 존재를 인정하지 못했기에 그들은 그 자리에 머무를 수밖에 없었다. 비록 수습 요원이었던 클라리사였지만 그녀는 자신의 능력을 넘어서는 빌런인 한니발을 인정했다. 한니발 또한 그녀가 자신과 같은 양의 처지에 있었다는 것을 알았다. 한니발이 그녀에게 어린 시절 가장 아픈 기억이 무엇인지 물었던 이유가 바로 여기에 있었다. 클라리사는 솔직하게 그녀의 아버지의 죽음에 대해 알려주었고, 그녀가 몬태나에 있었을 당시 있었던 양들의 경험에 대해서도 말해준다. 한니발은 이로 인해 클라리사 또한 자신의 어린 시절과 비슷한 경험을 했다는 것을 알았고, 이것이 신뢰가 되어 그녀를 도와주었던 것이다.

클라리사가 빌런인 한니발을 자신의 능력 위에 존재한다는 것을 인정하지 않았다면, 버팔로 빌의 무자비한 연쇄 살인을 막을 수 없었을 것이다.

빌런이란 존재는 우리 주위 어느 곳에나 존재한다. 그가 나를 괴롭히거나, 그로 인해 나 자신이 힘들고 고통스러워도 이를 극복해 내야만 나는 성장할 수 있다. 빌런의 존재는 나 자신의 성장의 기회가 될 수 있다. 빌런 그 자체의 존재에만 집중하지 말고, 나 자신과 빌런을 객관적인 위치에서 바라볼 수 있다면 빌런은 단순히 나를 괴롭히는 악당인 것만은 아닐 수 있다.

한니발이 클라리스에게 공감을 하듯, 내 주위의 빌런들도 나에 대해 공감할 수 있게 만드는 것이 진정한 나의 능력이 될 수도 있을 것이다. 스탈링 또한 양에서 머무르지 않고 더 성장하기 위해 FBI 요원이 되려고 했던 것이고, 더 나아가 한니발을 정면으로 대하여 그를 인정했기에 최고의 요원으로 거듭날 수 있었던 것이다. 빌런은 나를 힘들게 하는 존재이지만 그 존재로 인해 나는 더 커다란 세계로 나갈 수 있는 기회가 주어진 것인지도 모른다. 이 기회를 어떻게 이용하는지는 양에 머물러 있을지 양을 구하는 위치로 나갈 수 있을지가 결정되는 것이 아닐까 싶다.

15. 왜 에덴의 동쪽일까?

존 스타인벡의 소설 〈에덴의 동쪽〉에서는 캘리포니아에서 농장을 경영하는 애덤에게 두 아들이 있었다. 성경 창세기에 최초의 인간으로 등장하는 애덤과 같은 이름이다. 성경의 인물 애덤에게도 카인과 아벨이라는 두 아들이 있었다. 존 스타인벡의 소설에 나오는 두 아들은 애런과 칼이다.

칼의 어머니는 칼을 낳은 후 그의 남편 애덤을 버리고 집을 나갔다. 이로 인해 애덤은 그의 아내를 증오하게 되고 이 증오심이 칼을 향하게 된다. 이후 애덤은 첫째 아들 애런만 사랑할 뿐 칼은 외면할 뿐이다. 어린 칼은 아버지가 왜 자신을 미워하는지 그 이유를 알 수 없었다. 아버지에게 인정을 받기 위해 칼은 스스로 야채 사업을 벌여 많은 돈을 벌었고 그 돈을 아버지에게 주지만 아버지는 이 또한 인정해 주지 않는다.

아버지의 사랑을 받지 못한 칼을 비뚤어지기 시작한다. 형과 반대 행동을 일삼는데 이것은 아버지의 사랑을 갈망하기 때문이었다. 그럼에도 불구하고 아버지는 끝까지 칼을 외면한다. 칼은 아버지가 자신을 사랑하지 않는 이유를 알고 싶어 그의 어머니를 찾아 나선다.

칼이 찾아낸 어머니는 도박장과 술집을 경영하고 있었다. 칼은 어머니를 만나고 난 후 자신은 어쩔 수 없는 나쁜 피를 가진 사람이라고 믿기에 이른다. 결국 칼은 오직 형만 편애하는 아버지에게 복수하기 위해 애런을 데리고 어머니에게 간다. 애런은 죽었다던 어머니의 삶을 보고 나서 충격을 받는다. 그리고는 전쟁에 자원입대한다. 애런의 자원입대를 알게 된 아버지는 그만 충격을 받고 쓰러진다. 뇌출혈로 인해 병원에 입원하게 된 아버지는 칼의 간호를 거부한다. 애런의 애인이었던 에브라가 아버지를 간호하던 중 칼을 미워하지 말라고 애덤에게 다음과 같이 말한다.

"사랑받지 못한다는 것은 정말 끔찍한 일이에요."

이 말을 들은 애덤은 칼에게 자신을 간호해달라고 부탁한다.

어린 시절 칼에게는 아무런 잘못이 없었다. 오직 아버지의 사랑만을 갈구했을 뿐이다. 애덤은 자신을 버리고 집을 나간 아내와 칼을 동일시했다. 그럴 이유가 전혀 없었다. 아내에 대한 미움과 분노를 전혀 다른 대상인 칼에게 향하는 잘못을 했고, 이로 인해 큰아들인 애런마저 잃고 만 것이다. 칼은 비록 어머니가 집을 나갔지만 사랑하는 아버지, 형과 함께 거할 수 있는 곳 즉, 에덴에 머무르고 싶었지만 애덤은 칼을 에덴에서 쫓아낸 것이었다.

성경에서도 마찬가지로 애덤의 아들 카인은 에덴에서 쫓겨난다. 그 이유는 카인이 동생인 아벨을 죽였기 때문이었다.

"카인이 여호와께 이르되 내 죄벌이 지기가 너무 무거우니이다. 주께서 오늘 이 지면에서 나를 쫓아내시온즉 내가 주의 낯을 뵈

옵지 못하리니 내가 땅에서 피하며 유리하는 자가 될지라. 무릇 나를 만나는 자마다 나를 죽이겠나이다. 여호와께서 그에게 이르시되 그렇지 아니하다. 카인을 죽이는 자는 벌을 칠 배나 받으리라 하시고 카인에게 표를 주사 그를 만나는 모든 사람에게서 죽음을 면하게 하시니라. 카인이 여호와 앞을 떠나서 에덴 동쪽 놋 땅에 거주하더니 (창세기 4:13~16)"

카인이 에덴의 동쪽으로 쫓겨난 것은 분명한 이유가 있었다. 그도 자신의 죄를 인정했다. 하지만 칼은 아버지와 형에게서 쫓겨날 이유가 없었다. 어린 그에게는 아무런 잘못이 없었다. 그럼에도 불구하고 칼의 아버지 애덤은 형인 애런만 편애했다. 칼은 오직 아버지의 사랑만을 원했을 뿐이다. 애덤의 아내에 대한 잘못된 인식은 칼과 애런 모두를 망쳐 놓았을 뿐이다.

우리의 삶도 애덤과 비슷할 수 있다. 자신의 편견과 선입견 혹은 아집으로 인해 사실을 객관적으로 바라보지 못하고 있는지도 모른다. 그러한 잘못된 인식으로 말미암아 커다란 실수를 하고 있을 수도 있다. 내가 생각하거나 옳다고 믿는 것이 정말 맞는 것인지 수시로 돌아보지 않는다면 그 누구든지 애덤처럼 사랑하는 사람을 에덴의 동쪽으로 쫓아버릴 수도 있고, 소중한 사람을 모두 다 잃어버릴 수도 있다. 애덤의 아내에 대한 잘못된 인식이 애런은 전쟁터로, 애덤 자신은 뇌출혈로, 칼은 어긋난 인생으로 몰아가고 말았던 것이다. 그들은 충분히 평화롭고 행복한 에덴에서 살 수 있었음에도 불구하고 희망을 잃어버린 땅인 에덴의 동쪽으로 갈 수밖에 없었다.

16. 모든 것은 나로부터

 살아가면서 나에게 다가오는 문제는 나로 인해 생기는 것이란 사실은 부인할 수 없을 것이다. 물론 그렇지 않은 경우도 있다. 천재지변, 재난, 운명, 이러한 것들도 나에게 다가오기는 하지만, 그것은 나의 영역을 넘어서기 때문에 어쩔 수 없다. 그러한 것을 제외하면 나의 문제 대부분은 나로 인해 생긴다.

 만약 내가 이루고자 하는 목표가 어떠한 커다란 재난이 가로막지 않는다면, 나의 노력으로 충분히 달성할 수 있는 것이 많이 있다. 예를 들어 몸무게를 줄여야겠다고 생각을 하면 나의 노력으로 어느 정도는 줄일 수 있다. 몸무게를 줄이느냐 그렇지 못하느냐의 성공 여부는 나의 의지와 행동에 의한 것이지 다른 이유는 없다.

 만약 마라톤을 완주하고자 한다면 그 목표를 이룰 수 있는 연습과 훈련을 해야 할 필요가 있다. 일주일에 며칠씩 최소한 수십 킬로는 뛰어야 42.195km를 뛸 수 있다. 그러한 연습도 없이 그냥 대회에 나가 마라톤 완주를 하겠다고 뛰기 시작하면 성공할 확률이 그리 높지 못할 것이다.

 행복하고자 원한다면 거기에 맞는 삶을 살아야 할 것이다. 행복도 연습이 필요하다. 아무것도 하지 않고 무작정 행복을 바란다고 해서 행복이 나에게 다가오는 것이 아니다. 어떻게 해야 내가 행복하게 살아갈 수 있는지 생각하고 거기에 맞는 생활을 해야 할 필요가 있다. 이제까지 그러한 것을 하지 못하였다면 지금부터라도 다시 시작한다는 마음으로 생활해야 할 필요가 있다.

불행 또한 나로 인해 오는 것이 당연하다. 내가 불행해지지 않도록 살아왔어야 했는데 그렇지 못했기에 나에게 불행이 찾아오는 것인지도 모른다. 어떻게 해야 나에게 불행한 일들이 발생하지 않을지 깊이 생각하지 않고 살아간다면 나도 모르는 사이에 불행은 나에게 다가오게 된다.

"모든 불행은 자아로부터 시작한다.
그로 인해 모든 문제가 생긴다.
자아를 부인하고 무시하고 시들게 하면
마침내 자유를 얻을 것이다.
(라마나 마하르시)"

나의 불행을 내가 아닌 다른 데서 탓하는 것은 불행으로부터 벗어나기 힘들 수 있다. 나의 불행은 나로 인한 것임을 분명히 인식할 필요가 있다. 이 세상에 불행한 일을 겪지 않은 사람은 드물 것이다. 지나간 것은 어쩔 수 없다. 하지만 지금부터 나에게 다가오는 불행은 나 자신에 의해 생기는 것이라 인식하고 그러한 일들이 다시 일어나지 않도록 해야 내가 지금보다 더 행복하게 생활할 수 있을 것이다.

나의 삶은 온전히 나의 것이고 내가 책임져야 한다. 어떠한 일이 나에게 일어나건 그것은 나로 인한 것이라 생각해야 한다. 다른 사람이나 다른 요인으로 인해 내가 불행하다고 생각하는 한 나의 불행은 계속해서 반복될 가능성이 크다.

우리 모두는 누구나 다 행복한 삶을 꿈꾼다. 행복이건 불행이건 그 모든 것은 나로 인한 것이다. 나 자신을 위해서라도 오늘 하루 행복해야 하지 않을까?

17. 삶을 바라보는 시야가 바뀔 때

모든 것은 생각하기 나름이다. 자신이 상대하는 사람이 좋은 사람이라고 생각하면 그가 가지고 있는 단점에도 불구하고 그를 좋게 받아들일 수 있다. 반대로 상대를 나쁜 사람이라고 생각하면 그가 가지고 있는 많은 장점에도 불구하고 그를 좋게 받아들이지 못한다.

삶에 대한 태도도 마찬가지가 아닐까 싶다. 삶을 아름답게 바라본다면 우리의 일상은 너무나 소중하게 생각될 수밖에 없다. 반면에 삶을 부정적으로 생각한다면 자신이 아무리 좋은 상황에 있다고 하더라고 삶은 괴로울 수밖에 없을 것이다.

아니타 무르자니의 〈그리고 모든 것이 변했다〉는 삶을 바라보는 시야에 따라 우리의 일상이 어떻게 변하게 되는지를 알려주는 책이다. 그녀는 말기암으로 시한부 인생을 선고받았고, 결국 혼수상태에 빠져 거의 죽음의 직전까지 가는 임사체험(Near-Death Experience)을 겪게 된다. 사람의 운명을 알 수 없다. 어떤 사람은 의료진이 충분히 살릴 수 있음에도 불구하고 죽는 사람이 있는가 하면, 어떤 사람은 생존이 불가능할 것이라고 하더라고 기적적으로 사는 경우도 있다. 그것은 사실 인간의 영역이 아니다.

　아니타 무르자니의 경우 의료진은 그녀가 다시 회복되는 것은 불가능하다고 판단했다. 하지만 그녀는 죽음의 문 앞에서 다시 돌아왔다. 임사체험이라는 것이 신비적이고, 종교적이며, 믿을 수 있는 것인지 아닌지는 나는 잘 모른다. 하지만 중요한 것은 그러한 것을 경험하고 나서 삶을 바라보는 태도가 완전히 바뀌었다는 것이다. 어떻게 생각하면 다시 태어났다고 해도 과언이 아닐 만큼 예전의 삶이 아닌 새로운 삶을 살아가게 되었다는 것에 있다.

　임사체험이 아닐지라도 우리는 살아가면서 어떤 경험이나 계기로 인해 삶을 바라보는 태도가 바뀔 수 있다. 어떤 한순간의 경험이 우리의 인생의 방향을 완전히 뒤바꾸어 놓을 수도 있다. 그 방향의 선회가 우리의 삶을 더욱 아름답게 만들어 줄 수 있다. 삶을 바라보는 태도에 따라 우리의 인생은 새로운 세계로 접어들 수도 있는 것이다.

　"진정한 기쁨과 행복이란 오직 자신을 사랑함으로써만, 자기 안으로 들어가 자신의 가슴을 따름으로써만, 그리고 자기에게 기쁨을 주는 일을 함으로써만 얻어진다는 것을 나는 알게 되었다. 삶이 목적이 없는 것 같고 길을 잃은 듯한 기분이 들 때, 그것은 바로 내가 자신에 대한 감각을 잃어버렸다는 뜻이라는 것도 알게 되었다. 내 본연의 모습에서, 내가 이곳에 와 있는 목적에 연결되어 있지 않은 것이다. 이런 일은 내가 내면의 목소리를 들어주지 않을 때, 텔레비전 광고나 신문, 대형 제약회사, 친구들, 문화적 사회적 신념 같은 외부 원천에 내 힘을 내어줄 때 일어나곤 했다."

아니타 무르자니는 평범한 여성이었다. 하지만 그녀의 임사체험은 그녀의 삶을 완전히 바꾸어 놓았다. 그녀는 이제 삶에 대해 특별한 사람이 되었다. 삶이 얼마나 소중하고 아름다우며 어떻게 그녀에게 주어진 나머지 시간을 살아가야 하는지 그녀는 확실히 인식했다.

예전에 바라보았던 삶과는 전혀 다른 삶을 살 수 있게 되었다. 모든 것이 소중했고, 모든 것이 다르게 보였다. 무엇보다 그녀는 자신을 사랑하는 방법을 알게 되었다. 그것이 그녀 삶의 가장 소중한 터전이 된다는 것을 너무나 절실히 알 수 있었다.

"안으로부터 보는 관점을 갖는다는 건 내면의 안내자를 온전히 신뢰할 수 있다는 뜻이다. 그것은 마치 내가 어떻게 느끼느냐에 따라 온 우주가 영향을 받는 것과 같다. 다시 말하면 내가 이 우주 그물의 중심에 있기 때문에, 전체가 나로부터 영향을 받는 것이다. 그러기에 내가 행복하면 우주도 행복하다. 내가 나를 사랑하면 다른 이들도 전부 나를 사랑하게 된다. 내가 평화로우면 모든 창조물이 평화롭다."

내가 변하면 모든 것이 변한다. 나를 사랑하면 모든 것을 사랑하게 된다. 내가 자유로우면 모든 것에서 자유를 느낄 수 있다. 내가 평안하면 내 주위의 모든 것도 평안하다. 삶이 아름답게 느껴지면 내 주위의 모든 것이 아름다워 보인다. 그것이 어떠한 상황일지라도, 내가 상대하는 사람이 어떤 사람이더라도, 나의 시야는 그렇게 변할 수밖에 없다.

"내가 생각할 때 깨어 있는 의식 상태가 되기 위한 첫걸음은, 자연은 모든 것이 그저 존재하기만을 바란다는 점을 이해하는 것이다. 이는 우리 몸과 주변 환경을 바꾸려 하는 대신 그저 그것들을 알아차리고 그 본질을 존중할 수 있어야 한다는 것을 의미한다. 여기에는 자기 자신도 포함된다. 우리는 우주가 우리를 바꾸려 하는 대시 그저 존재하기만을 바란다는 그 장엄함을 이해해야 한다. 우리는 완벽하기를 바라는 다른 사람의 기대에 맞춰 살려고 애쓰지 않아도 되고, 비참하게 실패했을 경우라도 자신이 부적합한 존재라고 느낄 필요도 없다. 삶이 나에게 그저 존재하기를 바라는 대로 나 자신을 맡길 때 나는 가장 상한 존재가 된다. 암의 경우에도 내 쪽에서 의식적으로 뭔가 하려는 행동을 일절 멈추고 생명의 힘에 모든 걸 넘겨주었을 때 비로소 치유되었듯이 말이다. 다시 말하면 나는 삶에 맞서 저항할 때가 아니라 삶과 함께 나아갈 때 가장 강한 존재인 것이다."

나 자신의 삶과 내 주위 사람들, 주위의 환경을 나의 뜻대로 바꾸려 할 때, 삶은 나에게 저항의 대상으로 변한다. 타자를 받아들이지 못할 때 삶은 결코 아름다운 모습으로 나에게 다가오지 않는다. 있는 그대로, 존재 그 자체로 나의 생각과 판단을 내려놓을 때 모든 것이 아름답게 변할 수 있다. 세상은 그대로지만,

내가 바뀔 때, 세상은 나에게 다른 모습으로 다가온다.

"내 삶이 어떤 방향으로 흘러갔으면 좋겠다는 욕구가 강하게 들 때, 만일 내가 그것을 공격적으로 추구한다면 그로 인해 나는 우주 에너지에 맞서 싸우게 될 것이다. 그것을 손에 넣으려고 애를 쓰면 쓸수록 나는 내가 뭔가 잘못하고 있다는 것을 더 많이 알게 된다. 그에 반해 허용하는 것은 힘이 들지 않는다. 허용이란 놓아버림에 가깝다. 놓아버린다는 건, 모든 것이 하나이므로 내가 얻고자 하는 그것이 이미 내 것임을 깨달았다는 뜻이기 때문이다."

나 자신이 삶의 노예가 되지 않아야 한다. 삶의 주인으로 살아가는 것은 오로지 나에게 달려 있을 뿐이다. 그 어떤 조건도 나의 의지를 이겨내지 못하도록 노력하는 것이 내가 해야 할 일이다. 삶을 어떻게 바라보아야 하는지, 사람에 대해 어떻게 생각해야 하는지에 따라 나의 삶은 완전히 달라질 수밖에 없다.

행복의 조건은 단 하나밖에 없다. 그저 존재함으로 충분하다. 그 이상을 바란다는 것은 욕심일 뿐이다.

18. 원시의 세계에서도

우리의 일상은 왜 이리 바쁜 것일까? 쉼 없이 달려왔건만, 우리가 하고 있는 것은 어떤 의미가 있는 것일까? 원시의 세계로 돌아간다면 어떨까? 아무것도 없는 그저 존재하는 것만으로는 우리 삶이 의미가 없는 것일까? 하지만 그 세계에서도 우리의 삶은 비슷했을지도 모른다.

〈화사〉

서정주

사향의 박하의 뒤안길이다.
아름다운 배암....사
얼마나 커다란 슬픔으로 태어났기에
저리도 징그러운 몸뚱어리냐

꽃대님 같다.
너의 할아버지가 이브를 꼬여 내던 달변의 혓바닥이

소리 잃은 채 날름거리는 붉은 아가리로
푸른 하늘이다.   ..... 물어 뜯어라. 원통히 물어뜯어.

달아나거라. 저놈의 대가리!
돌팔매를 쏘면서. 쏘면서. 사향 방촛길
저놈의 뒤를 따르는 것은
우리 할아버지의 아내가 이브라서 그러는 게 아니라
석유 먹은 듯 .... 석유 먹은 듯 ..... 가쁜 숨결이야.
바늘에 꿰여 두를까 부다. 꽃대님 보다도 아름다운 빛...
클레오파트라의 피먹은 양 붉게 타오르는 고운 입술이다...
스며라 배암!

우리 순네는 스물난 색시, 고양이 같은 입술... 스며라, 배암!

　원시의 세계에도 삶을 힘들게 하는 존재는 있었다. 에덴에 살
수 있었을 그때도 배암이 혀를 날름거리고 있었다. 인간은 어쩌
면 평안하게 살 수 있을 운명이 아니었나 보다.
　징그럽게 보이던 뱀이 어느날 갑자기 예쁘고 아름답게 보이더
니, 그 뱀에 의해 영원히 에덴에서 머무를 수가 없게 되었다.
　우리에게 너무나 매혹적으로 보이고, 우리를 유혹하는 것이 좋
은 것이 아니라는 것을 너무나 잘 알고 있음에도 불구하고 우리
는 그러한 길을 선택해서 가고 있다.

오늘 이 땅에 발을 디디고 있는 우리 또한 에덴에 머물 수 있었던 그 기회를 스스로 포기하고 스스로 거친 땅을 택해 들어가 살려고 하는지도 모른다. 돌팔매질을 하면서도 그것을 따라다니고, 물릴지 모르는데도 하염없이 쫓아가기만 한다. 무언가에 홀린 듯 숨가쁜 것을 아는데도 그 숨가쁨이 좋은 것인지, 그것도 모른 채 그냥 따라가기만 하고 있다. 내 몸 안에 그것들이 다 스며들어 결국 더 이상 갈 수 없음을 알고 난 후에야 비로소 보이지 않는 것이 보이는 것일까?

나의 이성은 사라지고 나를 물어뜯으려는 뱀을 보면서도 그리 가고 있는 이 슬픈 현실을 어떻게 이겨내야 하는 것일까? 사향과 박하가 아예 없었으면 좋으련만 사방에 그것들이 널려 있으니 어찌해야 한단 말인가? 삶은 그렇게 고통의 연속이며, 내 쌓은 업 또한 너무나 두터운데, 이것에서 언제 자유를 얻을 수 있을지 전혀 알 수가 없다.

19. 가을에게

　해마다 오는 가을이지만 어떤 기분으로 또 이 가을을 보내야 하는 걸까? 가을은 점점 깊어만 가는데 나는 가을에게 무슨 말을 할 수 있을까? 또 아쉽게 보내야만 하는 가을이 되는 걸까? 존 키이츠는 아마도 자신의 가을을 만족했던 것 같다.

〈To Autumn〉

　　John Keats

Season of mists and mellow fruitfulness,
Close bosom—friend of the maturing sun;
Conspiring with him how to load and bless
With fruit the vines that round the thatch—eves run;
To bend with apples the moss'd cottage—trees,
And fill all fruit with ripeness to the core;
To swell the gourd, and plump the hazel shells
With a sweet kernel; to set budding more,

And still more, later flowers for the bees,

Until they think warm days will never cease,

For summer has o'er—brimm'd their clammy cells.

Who hath not seen thee oft amid thy store?

Sometimes whoever seeks abroad may find

Thee sitting careless on a granary floor,

Thy hair soft—lifted by the winnowing wind;

Or on a half—reap'd furrow sound asleep,

Drows'd with the fume of poppies, while thy hook

Spares the next swath and all its twined flowers:

And sometimes like a gleaner thou dost keep

Steady thy laden head across a brook;

Or by a cyder—press, with patient look,

Thou watchest the last oozings hours by hours.

Where are the songs of spring? Ay, Where are they?

Think not of them, thou hast thy music too,—

While barred clouds bloom the soft—dying day,

And touch the stubble—plains with rosy hue;

Then in a wailful choir the small gnats mourn

Among the river sallows, borne aloft

Or sinking as the light wind lives or dies;
And full-grown lambs loud bleat from hilly bourn;
Hedge-crickets sing; and now with treble soft
The red-breast whistles from a garden-croft;
And gathering swallows twitter in the skies.

〈가을에게〉

　　존 키이츠

이 계절에는 안개와 잘 익은 열매가 있고,
익어가는 해의 가깝고도 가슴으로 느끼는 벗.
그 벗과 함께, 짐을 싣고 고마워할 길을 도모하네.
열매 달린 채 둘러쳐진 덩굴이 초가지붕을 아우르네.
사과가 주렁주렁 달려 이끼 낀 나무를 구부러지게 하려면,
그리고 모든 열매를 속까지 온전히 익혀서 채우려면,
박을 부풀어 익어 열매 껍질이 털썩 떨어지게 하려면,
달콤한 속살로, 싹을 더 많이 틔우려면,
그리고 여전히 더 많이, 나중에라도 꿀벌을 위한 꽃들이 피게 하려면
꿀벌들이 생각할 때까지, 따뜻한 날은 결코 멈추지 않으리라고,

여름 동안, 더워서 땀 흘리는 세포들로 넘쳐 넘쳐나도록,

누군가 보여주지 않습니까, 그대가 자주, 둘러싸여, 그대의 창고에?
때때로 누구든지 바다 밖을 추구하며 찾을지도 모르지요.
그대가 앉아서 부주의하게 있네, 곡식 창고 바닥에.
그대 머리카락이 부드럽게 날리고, 풍선으로 골라진 바람에 의해.
또는 반쯤 수확한 밭고랑 지나는 소리에 잠들거나
양귀비 연기에 졸리네, 그대와 이어진 듯
다음에 낫질하며 지나가고 남은 자리와 모든 그것의 꼬인 꽃들을
그리고 때때로 이삭 줍는 사람처럼 그대는 그대로 있으며
꾸준히 그대의 머리에 짐을 이고 개울을 건너기를.
또는 사이다 김새지 않도록 눌러주듯, 참을성 있게 바라보며,
그대는 마지막 스며드는 시간마다 지켜보겠지요.

봄의 노래는 어디에? 아아, 어디에 그들이 있습니까?
그것들에 대해 생각하지 마십시오. 그대에게도 스스로의 음악이
있지요, 역시.
가로막힌 구름들이 여리게 죽어가는 날에 피어나는 동안,
그리고 만져보자, 그루터기를 평평해진, 장밋빛 색조로.
그러면 애틋한 합창단에서 작은 모기들이 애도하듯 웅웅 거리네.
강에 사는 제비들 사이로, 하늘 높이 늘어뜨리며
또는 가라앉으며, 가벼운 바람이 일어나거나 사라지면서.

그리고 다 자란 양들이 소리 내어 울음 짓네, 언덕이 많은 풀밭에서.
헤지 귀뚜라미들은 노래하지요; 그리고 지금 높은 음자리의 부드러운 소리로
빨간 가슴은 휘파람 불지요, 꽃밭으로부터;
그리고 모으는 것은 삼키지요 새의 지저귐을, 하늘에서.

　많은 것이 풍성하지만 마음만은 풍성하지 않은 이유는 무엇일까? 봄, 여름을 지나면서 많은 것을 노력했지만, 그 결과가 너무 사소해서 실망만 하고 있는 것일까? 누군가가 지켜보는 사람이 있다면 좋으련만 모두 자신이 하는 일에 바빠 오직 스스로에게만 관심이 있을 뿐이다.

　비록 아쉬움과 미련이 있을지언정 봄을 기다리지는 않으려 한다. 아직 봄이 되려면 멀었을 뿐더러, 봄이 다시 온다고 해도 그리 새로움을 이제는 느끼지 못하기 때문이다.

　지금 이 가을에 얻은 것만으로도 만족하려고 한다. 무더운 여름을 지나며 소나기를 맞았고, 천둥 번개도 겪었기에 지금 가지고 있는 것에 그 모든 것이 들어있음에 스스로 만족하려고 한다. 비록 다른 것과 비교하여 나의 수확이 사소할지라도 그 사소함에 부끄러워하지 않고 차라리 자긍심을 가지고 싶다. 다른 이들보다 많이 이루지 못했어도, 목표로 했던 수확이 많지 않을지라도, 스스로 위로를 하며 이제 아직은 따스한 가을 햇살을 느끼며 조금은 쉬려고 한다. 아름다운 이 가을이 다 가기전에 나는 가을을

조금이라도 느끼고 싶다고 가을에게 말하고 싶다.

20. 공적영지지심(空寂靈知之心)

나는 오늘 어떠한 삶을 살아가게 될까? 아침에 일어나 부지런히 해야 할 일을 하겠지만, 그러한 일들이 나에게 어떠한 의미가 있는 것일까? 나는 헛된 에너지를 쓰며 오늘 하루를 또 보내게 되는 것은 아닐까? 어쩌면 나는 오늘 내가 하는 일들이 고작 먼지 정도나 일으키는 그러한 일이 될지도 모른다.

마음이 곧 부처라고 말하는 선불교는 모든 인간이 부처님의 성품을 갖고 있다는 사상에 기초하고 있다. 불성은 글자 그대로 부처님의 성품, 즉 부처님의 순수한 마음이다. 번뇌로 더럽혀진 중생의 마음도 본래는 부처님의 마음과 다르지 않다는 이론이다. 누구든지 본래의 마음을 깨닫고 실천하면 부처가 될 수 있다는 것이 선불교의 핵심이다. 따라서 불성은 곧 인간의 참마음이며 또한 본래의 성품이다.

중국의 종밀(宗密, 780~841)은 '지(知)'의 개념을 불성의 핵심으로 간주했다. 달마가 중국에 온 후 부처님의 마음이 혜능(638~713)까지는 마음에서 마음으로 전해졌고, 각자가 알아서 수행을 하며 불성을 직접 체험하였으나, 시간이 지나면서 사람들이 타락하고 약해지면서 불성이라는 비밀스러운 진리가 위기에 처해지자, 하택신회(荷澤神會, 685~760) 선사는 불성의 핵심을 지(知)라는 한 글자로 밝혀주었다.

고려시대 지눌은 신화와 종밀의 이론에 따라 불성 또는 진심을 '공적영지지심(空寂靈知之心)'이라고 불렀다. 즉, 중생의 본래의 마음인 진심은 일체의 번뇌와 생각이 없는 고요한(공적,空寂) 마음이고, 동시에 신묘한 앎(영지, 靈知) 내지 순수한 의식이라는 것이다.

적과 지는 불교의 전통적인 용어로는 정(定)과 혜(慧)이고, 선에서는 정과 혜가 수행을 통해 얻어지는 것이 아닌 우리의 마음이 본래 가지고 있는 성품이라고 말한다.

종밀은 공적영지지심을 깨끗하고 투명한 구슬로 비유했다. 구슬이 흠 없이 맑고 투명해서 주위의 사물을 있는 그대로 반영하듯이, 진심은 일체의 번뇌가 없는 비고 깨끗한 마음이며, 만물을 비출 수 있는 투명한 구슬같이 앎을 본성으로 가지고 있다는 것이다.

우리는 흔히 우리의 오감을 가지고 거의 대부분을 판단한다. 보고, 듣고, 냄새를 맡고, 맛을 보고, 촉감을 느끼고, 생각을 하며, 그것으로 모든 것의 판단의 전부로 삼는다. 우리의 감각과 지각으로 대상을 분별하며, 옳고 그름을 따질 뿐이다. 하지만 그러한 것들의 더욱 근본적인 바탕이나 원천에 대해서는 별로 관심이 없다. 이로 인해 우리 마음의 진심을 스스로 외면하고 있는지도 모른다.

원효대사는 마음의 원천에 대해 외면하는 대부분의 사람들에 대해 다음과 같은 말을 했다. "뭇 생명 있는 자들의 감각적 심리적 기관은 본래 하나인 마음에서 생겨난 것이지만, 그것들은 그 근원을 배반하고 뿔뿔이 흩어져 부산한 먼지를 피우기에 이르렀다."

내가 하는 오늘의 모든 일들이 겨우 부산한 먼지를 피우기 위한 것은 아닌 것일까? 그러지 않기 위해 나는 어떻게 나 자신을 알아가야 하는 것일까?

누군가가 지눌 대사에게 자신의 성품을 어떻게 볼 수 있는지 묻자 지눌은 다음과 같이 답했다.

"단지 그대 자신의 마음인데, 다시 무슨 방편이 있겠는가? 만약 방편을 사용해서 다시 알기를 구한다면, 마치 어떤 사람이 자기 눈을 볼 수 없기 때문에 눈이 없다고 하면서 눈을 보려는 것과 마찬가지다. 이미 자기 눈인데 다시 어떻게 보겠는가? 만약 눈을 잃은 것이 아님을 알면 즉시 눈을 보는 것이 되어 다시 보려는 마음이 없을 것이니, 어찌 보지 못한다는 생각이 있겠는가? 자기의 신령한 앎(영지) 역시 이와 같다. 이미 자신의 마음인데 무엇을 다시 알기를 구하겠는가? 만약 알기를 구한다면 얻을 수 없음을 알아라. 단지 알 수 없음을 알면 그것이 곧 자기 성품을 보는 것이다."

우리의 마음속에 일어나는 생각 중에는 '나'라는 생각이 가장 먼저 일어나는 경우가 대부분이다. 다른 생각들은 사실 나라는 생각 이후에 일어난다. 어쩌면 나의 마음에서 처음에 일어나는 '나'라는 생각은 거짓된 나의 모습일지 모른다. 이러한 거짓된 나를 제거한 후 우리는 참나를 만나게 될지 모른다. 그러한 참나는 결코 부산한 먼지를 피우지는 않을 것이다.

21. 심우도(尋牛圖)

나는 누구일까? 우리는 진정한 나 자신을 알고 있는 것일까? 어제의 나보다는 오늘의 내가 더 나아져야 하고, 오늘의 나보다는 내일의 내가 더 나은 모습으로 살아가야 할터인데 우리는 그러한 노력을 하고 있는 것일까?

자신이 누구인지를 발견하고 그 깨달음에 이르는 과정을 야생에 살고 있는 소를 길들이는 데 비유하여 중국 송나라 때 곽암이 열단계로 그린 그림을 심우도라고 한다.

(1) 심우(尋牛)

忙忙撥草去追尋
水濶山遙路更深
力盡神疲無處覓
但聞楓樹晚蟬吟

바쁘게 풀밭을 헤치며 쫓아 찾아가니
물은 넓고 산은 먼데 길 또한 깊구나.
힘이 다하고 정신이 피곤함에 찾을 곳이 없는데
다만 단풍나무에 때늦은 매미소리 들리네.

심우란 인간이 자신의 본성이 무엇인가를 찾기 위한 마음을 일
으키는 단계이다. 소를 찾기 위하여 산속을 헤매듯이 우리도 자
신을 찾기 위해 방황하는 단계이다.

(2) 견적(見跡)

水邊林下跡偏多
芳草離披見也麼
縱是深山更深處
遼天鼻孔怎藏他

물가 수풀 아래 발자국이 널려 있고
아름다운 풀꽃이 활짝 피었으니 그 무엇을 보겠는가.
비록 깊은 산 또 더 깊은 곳에 있다한들
하늘을 휘젓는 콧구멍은 어찌 숨길 수 있는가.

 견적이란 마음 깊은 곳으로 들어가 소의 발자국을 발견하는 단
계이다. 소의 발자국을 볼 수 있는지 볼 수 없는지는 오직 마음에
달려 있다. 마음을 다하면 본성의 모습을 어렴풋이 느끼게 된다.

(3) 견우(見牛)

黃鸝枝上一聲聲
日暖風和岸柳靑
只此更無回避處
森森頭角畵難成

가지 위의 꾀꼬리는 한결같이 지저귀는데
날은 따뜻하고 바람은 온화하며 언덕 위 버들은 푸르구나.
다만 이곳에서 다시 돌아가 피할 곳이 없으니
우뚝 솟은 뿔의 진면목을 묘사하기 어렵구나.

　견우란 소의 발자국을 따라가다가 마침내 마음 깊은 곳에 있는
소를 발견하는 단계이다. 견성이 눈앞에 이르렀음을 암시한다.

(4) 득우(得牛)

竭盡神通獲得渠
心强力壯卒難除
有時纔到高原上
又入烟雲深處居

신통을 다하여 저것을 얻었으니
마음과 힘은 강건하나 끝내 다스리기 어렵구나.
때로 가까스로 높은 언덕 위에 오르고
또 안개구름 깊은 곳에 들어가기도 한다네.

　득우란 마음 속에 있는 소를 보긴 했으나 단단히 붙들어야 하는
단계이다. 소는 기회만 있으면 도망치려고 하기 때문이다. 이때
의 소는 아직 길들여지지 않은 야생의 소이기에 검은 색이다. 점
점 나의 마음을 스스로 다스려감에 따라 소는 흰색으로 변하게
된다.

(5) 목우(牧牛)

鞭索時時不離身
恐伊縱步入埃塵
相將牧得純和也
羈鎖無抑自逐人

소 몸에 고삐를 항상 매어두는 것은
걸음을 함부로 해서 속세에 들어갈까 저어해서라네.
도와서 순하고 온화하게 길들이려면
굴레로 억제하지 않고 스스로 사람을 잘 따르게 하려네.

  목우란 소의 야성을 길들이기 위해 소의 코에 코뚜레를 하는 단
계이다. 소가 유순하게 길들여지기 전에 달아나버리면 다시는 찾
기 어렵다.

(6) 기우귀가(騎牛歸家)

騎牛迤邐欲還家
羌笛聲聲送晩霞
一拍一歌無限意
知音何必鼓脣牙

소를 타고 느릿느릿 집으로 돌아오려 하는데
피리소리 저녁 노을에 퍼진다.
한 박자 한 노래에 무한한 뜻 담겨 있으니
노래의 뜻을 아는 이 있다면 굳이 설명하리오.

　기우귀가란 잘 길들여진 소를 타고 마음의 본향인 자기 자신으
로 돌아가는 단계이다. 번뇌와 탐욕, 망상이 사라진다. 소는 무
심하고 그 소를 타고 가는 나도 무심하다. 마음이 없는 상태이다.

이제 소는 완전히 흰색으로 변하였다.

(7) 망우존인(忘牛存人)

騎牛已得到家山
牛也空兮人也閑
紅日三竿猶作夢
鞭繩空頓草堂間

소를 타고 집에 이르니
소의 마음 비었고 사람 또한 한가롭다.
붉은 해는 정오인데 오히려 꿈을 꾸고
고삐만 부질없이 초당에 버려져 있네.

망우존인이란 집에 와보니 소는 간데 없고 나만 남아 있는 단계

이다. 소란 나의 심원에 도달하기 위한 것에 불과했으니 그것을
잊어야 함이다. 자신이 깨달았다는 자만감을 버리는 경지이다.

(8) 인우구망(人牛俱忘)

鞭索人牛盡屬空
碧天寥廓信難通
紅爐焰上爭容雪
到此方能合祖宗

고삐와 사람과 소 모두 공으로 돌아갔으니
푸른 하늘은 텅 비고 넓어서 참으로 통하기 어렵구나.
화로의 불꽃 위에 다투어 눈을 받아들이듯이
이 경지에 이르면 바야흐로 조종과 합치된다네.

인우구망이란 소가 사라진 뒤에는 자기 자신도 잊어야 하는 단계이다. 깨우침도 깨우쳤다는 법도 깨우쳤다는 사람도 존재하지 않는다. 즉 공(空)에 이르렀음을 의미한다. 완전한 깨달음의 단계이다.

(9) 반본환원(返本還源)

返本還源已費功
爭如直下若盲聾
庵中不見庵前物
水自茫茫花自紅

본원으로 돌아감에 있어 정력을 너무 허비했으니
어찌 눈 먼 봉사나 귀머거리처럼 하느냐.
집안에서 집 앞의 것을 보지 못하나

물은 스스로 아득히 흘러가고 꽃은 절로 붉도다.

 반본환원이란 텅 빈 원상 속에 있는 자연 그대로의 모습이 보이
는 단계이다. 산은 산이고 물은 물이라는 말이 여기서 나온다. 모
든 것의 모습이 있는 그대로 비로소 보이게 된다. 나의 생각과 편
견, 그리고 선입견이 사라진다. 참된 지혜를 가지게 되는 자아를
발견한다.

(10) 입전수수(入廛垂手)

露胸跣足入廛來
抹土塗灰笑滿腮
不用神仙眞秘訣
直敎枯木放花開

가슴을 드러내고 맨발로 가게에 돌아와
흙과 회를 바르니 뺨에 웃음이 가득하구나.
신선의 비결을 쓰지 않고도
곧 마른 나무로 하여금 꽃이 피게 하는구나.

입전수수란 이제는 거리로 나아가 중생을 위하는 경지이다. 싯다르타가 깨달은 후 세상으로 나간 것과 같다. 중생을 위한 베풂과 덕이 자신의 내면에 존재하게 된다.

삶은 유한하다. 삶에는 답이 없다. 하지만 우리는 보다 나은 내일을 위해 더 나은 나 자신을 위해 오늘을 살아가고 있는 것이 아닐까? 이를 위해 우리가 지금 해야 할 것은 무엇일까? 얻으려 하다 잃게 되고 취하려 하다 놓치는 그러한 일들을 우리는 반복하고 있는 것은 아닐까?

내가 누구인지를 알아야 소중한 우리의 삶이 더욱 의미가 있는 것은 아닐까? 우리는 오늘도 헛된 것을 찾아 헤매고 있는 것인지도 모른다. 진정으로 나에게 소중한 것은 무엇일까? 나에게 가장 소중한 것은 나라는 존재가 아닐까?

22. 보원행(報怨行)

달마 조사의 강론 중에서 〈약변대승입도사행〉에는 '보원행(報怨行)' 대목이 있다. "수도자가 고통과 시련에 빠질 때, 그는 스스로에게 이렇게 말해야 한다. 지나간 헤아릴 수 없는 많은 시간에 나는 본질적인 것을 버리고 우연적인 것을 쫓았다. 그러니 지금 이 고통이 어찌 이 세상에서의 과오 때문이겠는가. 다만 전생의 업의 결과일 뿐. 그러니 누구를 증오할 것인가. 다만 나 스스로 이 쓴 열매를 감내하리라."

보원행이란 수행자가 고통을 당할 때는 과거에 자신이 저지른 행위의 과보라 생각하여 다른 사람을 원망하지 않는 것을 말한다.

원효대사의 〈금강삼매경론〉에는 행입(行入)에 대한 말이 나온다. "행입이라는 것은 마음이 기울어지거나 의존하지 않고 그림자가 흐르거나 변이하지 않으며, 생각을 고요하게 하여 존재하는 것들에 대해 구하는 마음이 없어서 바람이 두드려도 움직임이 없는 것이 마치 대지와 같다. 마음과 자아를 버리고 떠나서 중생을 구제하더라도 생겨남도 없고 상도 없으며 취하지도 않고 버리지도 않는다."

행입에는 네 가지가 있는데, 그중에 하나가 보원행이다. 나의 괴로움은 바로 나 자신에게 원인이 있음이다. 다른 이를 원망하고 탓한다면 언제까지라도 마음의 평안을 얻기는 힘들다. 나의 고통은 내가 모르는 사이 과거의 내가 수많은 원한과 미움을 뿌렸기 때문이다. 나는 차마 인식조차 하지 못하지만, 다른 사람에게 많은 피해도 주었고, 다른 이의 마음에 깊은 상처도 남겼을 것이다. 내게 잘못이 없는 것 같아도, 그것은 오로지 나만의 생각일 뿐이다. 내가 잘못한 일이 아닌 것 같지만, 알고 보면 내가 모르는 잘못을 했음이다.

나의 괴로움이 큰 만큼 나의 잘못이 많았음을 인식해야 하지 않을까 싶다. 다른 사람이 나를 힘들게 하는 만큼, 나 또한 그들을 너무 많이 힘들게 했음이다. 그러니 나의 괴로움은 그 누구의 탓도 아니니 원망하는 것조차 부끄러울 따름이다.

나의 일상에서 나의 괴로움은 나로 인한 것이니 괴로워할 필요도 없다. 나의 책임이니 받아들이고 과거의 나의 잘못을 돌이켜 볼 뿐이다.

아무도 원망하지 말고, 그 누구도 미워하지 말며, 오로지 나의 잘못만을 생각할 때 나의 마음의 괴로움은 사라지고 지금 내가 있는 이 자리에서 미래의 내가 괴롭지 않기 위한 선을 쌓아 나갈 때 나의 과오의 반복이 더 이상 일어나지 않으리라는 생각이 든다.

23. 왜 산은 산이고 물은 물일까?

"산시산 수시수(山是山 水是水)", 즉 산은 산이고 물은 물이다라는 말은 청원선사(靑原禪師)의 설법에서 유래되어 경덕전등록(景德傳燈錄)에 수록되어 있다.

이 말을 가만히 생각해 보면 모든 것을 있는 그대로 받아들이라는 뜻이 아닐까 싶은 생각이 든다. 물론 내 생각이 맞지도 않을 수 있고 그 깊은 뜻을 완전히 이해할 수는 없지만 조금이라도 그 뜻을 알고 싶어 생각해 보는 것이다.

우리는 모든 것을 내 중심으로 생각하는 경향이 강하다. A라는 사람이 있다고 가정해 보자. B라는 사람이 A에게 잘해주면 A는 B가 좋은 사람이라고 생각하고 다른 사람들에게도 B가 정말 멋있는 사람이라는 이야기를 한다. 그러다가 B가 A에게 조금 서운하게 해주면 좋은 사람이 갑자기 나쁜 사람으로 변해 버리고 주위 사람들에게도 B를 나쁜 사람이라는 험담을 하기도 한다. C라는 사람이 있다고 가정해 보자. B가 C에게 A에게 한 것과 같이 똑같이 대해 주었는데 C는 B에게 그리 서운하게 생각하지 않고 아마 다른 사정이 있을 것이라고 생각하고 B에게 무슨 어려운 일이 있는지 궁금해하면 C는 B를 도와주려고 할 수도 있다.

B는 A나 C에게 똑같은 행동을 했는데도 불구하고 A와 C가 받아들이는 것은 완전히 다른 것이다. 왜 그런 것일까? A와 C가 B를 보는 것이 다르기 때문이다. B를 각자의 입장에서 생각하고 판단해 버리기 때문에 전혀 다른 결과가 만들어지는 것이다. 즉 B를 있는 그대로 보는 것이 아니라 자신의 입장에서 보기 때문에 이러한 차이가 생긴다.

우리는 살아가면서 거의 대부분의 것을 자신의 입장에서만 바라본다. 자신이 알고 있는 지식 안에서만 생각하고 판단하며 결정한다. 다른 가능성을 생각하는 사람은 극히 드물다. 자신의 한계를 인식하는 사람도 찾아보기 힘들다. 스스로 잘못이 있을 거라 생각하며 모든 사람이나 사물을 있는 그대로 바라보고 받아들이는 사람도 별로 없다.

자신의 입장에서 바라보고 생각을 하면 산이 물이 될 수도 있고 물이 산이 될 수도 있는 것이다. 한계가 있는 자신의 지식으로 모든 것을 인식하기 때문에 다른 사람에게는 좋은 사람이지만 그에게는 나쁜 사람이 되고 다른 사람에게는 나쁜 사람이 그 사람에게는 좋은 사람이 되는 것이다.

여기에 우리의 많은 문제가 생겨날 수 있다. 있는 것을 제대로 볼 수가 없는데 그다음은 말할 필요가 없는 것이다. 그러한 문제가 계속 끊임없이 쌓이다 보니 주위의 사람이나 사물, 세상의 모든 일을 제대로 보는 사람이 드물 수밖에 없다. 즉, 모든 것의 본질을 제대로 보는 사람이 거의 없다는 것이다. 자신의 생각과 판단으로 그 모든 것의 본질을 스스로 거부하고 있는 것과 마찬가지이다. 그러기에 산이 산이 아니고 물이 물이 아니게 된다.

자신이 강할수록 그러한 시야가 확보되지 않는다. 쉽게 말해 눈 뜬 장님이 되는 것이다. 산이 물로 보이고 물이 산으로 보이는 눈을 갖게 되고 마는 것이다.

산은 산이고 물은 물로 볼 수 있도록 우리 스스로 우리의 눈을 맑게 할 필요가 있다.

24. 진짜로 없다

"이것이 있으므로 저것이 있고
이것이 생하므로 저것이 생한다.
이것이 없으므로 저것이 없고
이것이 멸하므로 저것이 멸한다.
(중아함경)"

나에게 다가온 것은 잠시 그렇게 머무르다 언젠가 나로부터 떠나가기 마련이다. 잠시 나에게 속했다고 해서 그것이 진짜로 내 것인 줄 알고 있다. 하지만 모든 것은 내 것이 아니다.

우리는 아무것도 가진 것 없이 와서 갈 때도 아무것도 가지고 갈 수가 없다. 지금 내가 가지고 있는 것이 언젠가는 나로부터 떠나가는 것이 불변의 진리다.

"전도자가 이르되 헛되고 헛되며 헛되고 헛되니 모든 것이 헛되도다. 해 아래에서 수고하는 모든 수고가 사람에게 무엇이 유익한가. (중략) 이미 있던 것이 후에 다시 있겠고 이미 한 일을 후에 다시 할지라. 해 아래에는 새것이 없나니 무엇을 가리켜 이르기를 보라 이것이 새것이라 할 것이 있으랴. (전도서 1 : 2~9)"

가장 지혜로웠다고 하는 이스라엘의 솔로몬 왕은 BC 935년 무렵 인간이 누릴 수 있는 모든 영화를 다 누렸다. 그럼에도 불구하고 그는 전도서에 이러한 기록을 남기고 자신 또한 사라져 버렸다.

재물도 나에게 왔다가는 언젠가 사라지고 사람도 마찬가지이며 인간의 감정도 그렇다. 누구를 좋아하고 사랑하는 마음도 영원한 것은 없다.

사랑이 영원한 것이라 믿기에 거기에 집착하고, 내 주위에 있는 사람이 나의 사람이라 생각하기에 그 사람에 연연하며, 내가 가지고 있는 물질이 완전히 나의 것으로 남아 있을 것이라 생각하기에 그것에 집착할 뿐이다.

인연이 되어 나에게 왔지만, 인연이 끝나면 나로부터 다 떠나갈 수밖에 없다. 모든 것은 이유가 있어서 나에게 왔지만, 또 다른 이유로 그렇게 나로부터 사라진다.

자연의 원리도 마찬가지이다. 원인이 있기에 결과가 따른다. 원인이 없이 결과만 존재하는 것은 없다. 확률도 마찬가지이다. 가능성이 있기에 확률이 있는 것이다. 그러한 결과가 또 다른 원인이 된다. 그렇게 모든 것은 얽혀 나의 주위에 그리고 나에게 일어나고 있다. 그것에 내가 욕심을 부리고 저항하느라 내가 힘들 수밖에 없는 것이다.

지금 이 자리에 존재하고 있는 나도 언젠간 사라진다. 내가 있고 네가 있고 세상이 있다고 생각하기에 우리는 헛된 것에 연연

할 뿐이다. 없어질 것을 가지려 하기에 우리는 스스로 괴로울 뿐이다. 모든 영화나 영광도 한순간일 뿐이다. 그러기에 지금 현존해야 한다.

내 주위에 있다고 생각하는 것들이 언젠간 사라질 것이기에 현존하는 나는 그것을 사랑해야 한다. 떠나가는 것은 다시는 돌아오지 않을지도 모른다.

나에게서 무언가가 떠나가면 새로운 또 다른 무언가가 온다. 하지만 그것 또한 나를 언젠가는 떠나간다. 영원히 내 옆에 있게 하려고 하기에 내가 아플 뿐이다.

나에게 진짜로 있는 것은 아무것도 없다.

25. 눈에 보이는 것이 다가 아니다

눈에 보이는 것만이 다는 아니다. 쇼펜하우어의 〈의지와 표상으로서 세계〉에는 "세계는 나의 표상이다"라는 말이 있다. 그는 이로써 인간의 철학적 사유가 가능하다고 말했다. 하지만 놓치지 말아야 할 것은 표상만이 전부가 아니라는 사실이다. 우리의 인식 그 너머에는 진정한 본질의 세계가 있다. 물론 표상도 의미가 있다. 표상이 없다면 우리는 세계를 인식하는 데 있어 엄청난 어려움이 있을 것이다.

하지만 우리들은 어쩌면 겉으로만 보이는 것, 자기 눈에만 보이는 것으로 모든 것을 판단한다. 진작 더 중요한 것을 보려 하지 않고 자신의 눈에 보이는 것이 전부라는 생각을 하는 경우가 대부분이다. 항상 열린 가능성을 염두에 두어야 함에도 불구하고 그냥 있는 그대로 보이는 대로 보고 생각하고 판단하게 된다.

어떤 사실을 객관적으로 살피지 않고 이미 본인이 내린 답안지를 기준으로 생각하고 판단하는 경우가 너무나 많다. 그 기준이 되었던 답안이 틀린 답안일 수도 있는데 말이다.

파란색의 안경을 끼고 세상을 본다면 표상으로서의 세상은 파란 세상이다. 빨간색의 안경이라면 온통 빨간 세계일 수밖에 없다. 도수가 맞지 않은 안경이라면 세상이 온통 흐릴 것이다. 내가 끼고 있는 안경은 어떤 안경일까?

왜 저 사람은 저럴까? 왜 이 사람은 이럴까? 하는 생각 자체가 그가 어떤 안경을 끼고 있기 때문이다. 그 안경은 세상을 본질적으로 보고 이해하는 데 방해가 될 뿐이다.

가느다란 1차원적 철사가 있고 그 철사 위에 개미가 있다고 가정하자. 그 철사 위를 1차원적으로 왔다 갔다 하는 개미에게는 세상은 1차원일 뿐이다. 2차원 평면 공간에 있는 어떤 생물이 있다고 가정하자. 그렇다면 그 생명체는 세상 자체가 2차원이 전부일 뿐이다. 3차원 공간에 있는 생명체에는 그의 세계는 3차원이며, 4차원 시공간에 있는 생명체의 세계는 시간과 공간을 아우르는 4차원이 그의 세계이다.

우리 인간은 4차원 시공간에 존재하여 4차원을 이해하고는 있지만 어쩌면 우주나 자연은 4차원 시공간이 아닐지도 모른다. 5차원이 될 수도 10차원이 될 수도 있다. 아니 차원 자체가 숨겨져 있을지도 모른다.

우리가 현재 알고 있는 것이 전부가 아니다. 내가 보고 있는 것이 전부가 아니다. 내가 모르는 세계가 더 크고 더 넓으며 더 많은 것이 있는지도 모른다.

차원의 여행을 떠난다면 우리는 어느 차원으로 가야 하는가? 그 결정을 어떤 기준으로 해야 하는가?

겉으로 보이는 표상은 같은 차원에서 같은 차원으로 가는 여행

임에도 불구하고 그것이 전부라 착각하는 것이다. 표상은 넘어야 할 어떤 것일 뿐이다.

〈금강경(金剛經)〉에는 다음과 같은 말이 있다.

佛告須菩提
凡所有相
皆是虛妄
若見諸相非相
卽見如來

부처가 수보리에게 이르기를
대개 유상은 모두 허망한 것이니,
만일 모든 상(相)이 상 아닌 것을 알면
곧 여래(如來)를 보느니라

　모든 것은 돌고 돌아 허망한 것이니, 현상과 본질을 함께 볼 수 있어야 한다고 석가모니는 말한다. 즉 단지 드러난 현상만을 보아서는 안 되고 그 너머까지도 보아야 한다는 뜻이다. 그는 우리가 못 보는 것을 보려 노력했다. 그것이 본질이며 그것이 여래다. 진정한 참모습이다.
　진정한 참모습을 보려고 하는 노력조차 없다면 어쩌면 우리는 거짓과 허상에 사로잡힌 세상에서 헛된 것을 위해 살고 있는 것일지도 모른다.

 내가 가지고 있는 나의 세계로서의 표상이 나의 한계가 되어서는 안 된다. 그것이 나의 전부가 되어서도 안 될 것이다. 유한한 존재로서의 나지만 더 나은 나의 모습으로 되어가는 과정이 나의 진정한 세계의 창조가 아닐까 싶다. 최종적인 모습은 문제가 안 된다. 그것은 인간이기 때문에 어쩔 수 없다. 하지만 더 나은 나의 모습으로의 과정은 아직 내가 탐험하지도 않았고, 경험한 적도 없는 세계이다. 그 세계에 무엇이 있는지는 모른다. 하지만 확실한 것은 지금 나의 세계로서의 표상을 넘어야 그것이 가능할 뿐이다. 나는 그 여행을 떠나고자 한다. 그 여행은 지금처럼 따스한 봄날 예쁜 꽃을 볼 수 있는 아름다운 여행일 것이 너무나 분명하다.

26. 별들도

　별의 일생은 어떠할까? 어릴 적 밤하늘을 볼 때마다 별에 대한 모든 것이 궁금했다. 별은 그냥 하늘에 저렇게 붙어 있는 것인지? 별 안에는 무엇이 있는지? 별이 변하지 않고 항상 그 모습을 유지하는 것인지? 가볼 수는 없지만 별에 대한 호기심은 그 후로도 계속 되었다. 그래서 대학원 공부를 시작할 때 천체물리학을 전공했다. 하지만 공부하는 도중 가족을 책임져야 하는 상황에서 더 이상 나만의 꿈을 쫓을 수는 없었다. 평생 하고 싶었던 것을 포기했다. 나의 꿈보다는 가족이 더 중요했기에 과감하게 결정하고 미련을 버렸다. 그 이후로 나는 어떤 것을 포기하는 것이 너무나 쉬웠다. 일평생 하고 싶었던 것을 포기했는데 다른 것을 포기하는 것은 일도 아니기 때문이었다.

　별의 일생에 대해 연구한 사람으로는 인도 출신의 물리학자 찬드라세카를 빼놓을 수 없을 것이다. 인도에서 태어난 그는 영국으로 건너가 캠브리지 대학교에서 에딩턴 밑에서 박사학위를 받았다. 그의 가장 중요한 이론이 바로 별의 일생 중 마지막 과정에 대한 이론물리학적 해석이다. 별의 에너지는 핵융합에 의해 이루어지는데 별 안에 있는 모든 연료, 즉 수소가 다 소모되면 별의 진화에 있어서 마지막 단계, 즉 별의 죽음의 단계에 이른다. 그 모습은 별 자체의 질량에 의해 결정된다.

찬드라세카는 태양질량의 1.4배 이하의 별은 백색왜성으로 진화해 종말을 고하고, 그 이상의 별은 중성자별이나 블랙홀로 된다는 이론을 만들었다. 블랙홀이란 중력에 의해 별이 붕괴되는 것인데 밀도가 무한대에 가까워지기 때문에 당시엔 그의 이론이 받아들여지지 않았다. 백색왜성의 최대 질량이 바로 "찬드라세카 한계"이다. 그의 스승이었던 에딩턴마저 그의 이론을 비판했다. 하지만 나중에 세계제 2차대전의 종식을 위해 미국이 핵폭탄을 만드는 과정에서 책임을 맡았던 오펜하이머에 의해 찬드라세카의 이론이 옳다는 것이 알려지게 되었다.

찬드라세카는 영국에서 박사학위를 받고 미국 하버드대학 천문대에서 일하다 시카고 여키스 천문대로 자리를 옮긴다. 여키스 천문대에서 일을 하면서 시카고 대학교의 겨울 계절 학기 강의를 맡았는데, 당시 그의 수업을 수강 신청한 학생은 2명이었다. 학교에서 폐강을 시키려 하였으나 학생 2명이라도 가르치고 싶다는 그의 의견을 받아들여 폐강을 시키지 않고 수업을 진행했다. 나중에 그의 수업을 들었던 그 2명의 학생은 모두 노벨물리학상을 받았다. 찬드라세카 역시 천체물리학 이론으로 노벨 물리학상을 받게 된다.

모든 별은 태어나서 성장하여 진화하다가 나중에 최종적으로 죽음을 맞이한다. 나는 사실 어릴 때 별은 하늘에 오래도록 어쩌

면 영원히 계속될 것이라 생각했다. 하지만 영원무궁할 것 같은
별도 시간이 오래 걸릴지언정 죽기 마련이다.

자연은 어쩌면 예외가 없다. 우주 공간에 존재하는 모든 것은
다 사라져 버리니 말이다. 우리 태양은 가장 표준적인 별이라 할
수 있다. 표준적인 별의 수명은 100억 년이다. 즉, 우리 태양은
앞으로 50억 년이 지나면 죽음을 맞이할 수밖에 없다. 예외 없는
법은 없다고 하지만 자연에는 그런 것은 존재하지 않는다. 생명
을 가지고 있는 것이건 아니건 간에 모든 것은 태어나 어느 정도
시간이 지나면 죽는다. 죽음은 그 어떤 존재도 피할 수 없는 자연
의 법칙이다.

불가에도 비슷한 말이 있다.

會者定離
去者必返
生者必滅

만나면 언젠가는 헤어지기 마련이고,
떠난 사람은 다시 돌아오게 되고,
태어난 것은 죽기 마련이다.

생자필멸, 이것은 예외 없는 자연의 이치다. 당연한 것을 당연하

게 받아들이지 못한다면 그건 과욕일 뿐이다. 나도 언젠가는 죽게 될 것이다. 지금 오늘 이 시간이 중요할 수밖에 없다. 내일이 오지 않을 수도 있다. 살면서 많은 사람을 만나지만, 언젠가는 헤어져야 하며, 내 주위의 따뜻한 사람들과 죽음으로 헤어져야 하는 때도 온다. 영원무궁할 것 같았던 별도 시간의 제약이 있는 한 번뿐인 일생이 있을 뿐이다. 별도 자연에서 왔으니 자연으로 돌아갈 뿐이다. 인간도 똑같은 길을 걸을 수밖에 없다.

따뜻한 봄날이 되어 주위엔 온통 꽃들이 피어나고 있다. 매화를 시작으로 벚꽃, 개나리, 진달래 등, 온 주위가 예쁜 꽃들로 가득 차 있다. 시간이 지나면 그 예쁜 꽃들로 다시 지고 말 것이다. 요즘 들어 태어남보다 죽음이 더 익숙해져 오는 것이 왠지 아쉽기는 하지만, 다시 옛날로 돌아가고 싶은 마음도 생기지 않는 건 무슨 이유일까? 꽃들이 더 지기 전에 예쁜 사진이라도 많이 찍어놔야 할 것 같다.

27. 버린다는 것

　예전에는 시간을 쪼개가면 많은 것을 하려고 했다. 무언가를 한다는 것이 의미가 있는 것으로 생각했다. 목표를 정하고 그것을 달성하기 위해 시간을 아껴가며 노력하는 것이 열심히 사는 것이라고 여겼다. 그 목표를 위해 달성하기 위해 다른 것을 생각하기 않고 주위도 바라보지 않고 나 자신도 돌아보지 않으면서 생활하는 것이 나에게 주어진 삶의 최선이라 생각했다. 하지만 그럼으로써 나 자신이 망가져 감을 인식하지 못했다. 나를 객관적으로 파악을 하지 못하고 나의 단점을 그냥 무시한 채 앞만 보고 달리다 보니 얻은 것도 있었지만 잃은 것도 너무나 많았다. 그 잃은 것들이 나에게 뼈아팠다.

　하지만 무언가를 하는 것보다 아무것도 하지 않고 내 자신을 돌아보며 생각을 더 많이 하는 것이 더 중요한 것 같다. 스스로 무언가를 해서 내가 원하고자 하는 것을 얻기보다는 다만 바라보고 물 흐르듯 많은 것을 맡겨두는 것이 더 낫다는 생각이 든다.

　노자가 말하는 무위는 단순히 아무것도 하지 않음을 뜻하는 것은 아니다. 그가 말하고자 하는 무위는 자연의 순리를 어긋나는 인위를 하지 않음을 말하는 것이 아닐까 싶다. 즉 인간의 지식이

나 욕심으로 세상을 바꾸려 하지 않음이다. 주위 사람이나 주위 환경을 자신이 바라는 대로 다 되게끔 애쓰려 하는 것을 피하라는 뜻이다. 오히려 그것이 더 큰 문제를 야기시킬 수 있기 때문이다.

나도 많은 것을 내가 생각하는 것이 옳다고 여겨 그것을 위해 무리수를 두어 살아온 것 같다. 그러한 무리수가 당시에는 합당하다고 생각되었으나 지나고 나서 보면 그렇지 않은 경우가 너무나 많았다.

왜 이런 생각을 당시에는 하지 못했을까? 이유는 간단하다. 내가 어리석었기 때문이다. 내가 옳다고 생각하는 아집 때문이었다. 이제는 나 자신을 버릴 때다. 나 자신을 버려야 그 어리석었던 길을 다시 가지 않을 수 있다. 나를 다 버리고 내 자신의 존재의 미미함만을 가지고 살아가야겠다는 생각이 든다.

법구경에는 이런 말이 있다.

"감정의 즉각적인 대응을 초월한 사람이 있다.

그는 땅처럼 인내하며,

분노와 두려움의 불길에 휩싸이지 않고,

기둥처럼 흔들림 없고,

고요하며 조용한 물처럼 동요치 아니한다."

나 자신을 버림으로 감정을 초월할 수 있기를 바란다. 내 감정은 내가 아니다. 나의 일부일 뿐이다. 나의 일부가 나의 전부가되면 안 된다. 물처럼 동요하지 않고 그냥 흘러가야만 하려 한다.

내가 주위 사람들을 바꾸고, 모든 것을 나의 마음대로 해 나가고
자 할 때 무위의 법칙은 깨진다. 그 아픔은 나의 아픔일 뿐만 아
니라 모든 이의 아픔이 될 수도 있다.

　노자가 얘기하는 "도(道)"는 자연의 원리이자 순응이다. 자연의
법칙 그것이 바로 신의 뜻이 아닐까 싶다. 나 자신을 버리는 게
아마도 신의 뜻인 듯하다. 비가 내리고 있다. 촉촉한 비가 대지를
적시고 있다. 나 자신을 버리려 하니 내 마음에도 비가 촉촉이 내
리는 듯하다.

28. 불구부정(不垢不淨)

　누구한테는 더러울지 모르지만, 누구한테는 더럽지 않다. 누구한테는 깨끗할지 모르지만, 누구한테는 깨끗하지 않다. 어떤 이에게는 좋을지 모르지만, 다른 이한테는 나쁠지 모른다. 어떤 사람에게는 옳을지 모르지만, 어떤 사람에게는 옳지 않을지 모른다.

　더럽고 깨끗한 기준, 좋고 나쁨의 기준, 옳고 옳지 않음의 기준은 없다. 단지 보는 사람의 관점일 뿐이다. 자신이 생각하는 것을 기준이라고 할 때 분별이 생길 뿐이다. 그것이 고통과 괴로움의 시작이 될 수 있다.

　그 기준을 누가 만들었을까? 결국 본인 자신이 그러한 기준을 만들어 그 기준의 노예가 되는 것이다. 스스로 자신을 속박하는 기준에 의해 세상의 진정한 모습을 볼 수 없게 된 것이다.

　이 세상에 깨끗한 것은 없고, 더러운 것도 없다. 옳은 것도 없고 옳지 않은 것도 없다. 좋은 것도 없고 나쁜 것도 없다. 오직 자신의 마음이 그러한 것들을 만들었을 뿐이다.

　기준이 사라질 때 모든 것을 받아들일 수 있다. 있는 그대로 존중할 수 있다. 내가 보기에 부족한 사람일지 모르지만, 나라는 인식의 기준을 없앨 때 그는 부족한 사람이 아닌 그 사람 자체의 존재로 남는다.

모든 존재를 있는 그대로 볼 수 있을 때 마음의 고통과 괴로움에서 해방될 수 있지 않을까? 물론 그것이 결코 쉽지는 않지만, 그 가능성을 배제하지 않고 열어 두었을 때, 불구부정의 마음으로 갈 수 있지 않을까?

분별과 판단은 자기 자신을 더 작은 세계로 몰아가는 양치기 목동 소년과 다름없다. 스스로 더 넓은 세계를 포기하는 것과 같을 뿐이다. 나의 기준으로 다른 사람을 판단하고 배척한다면, 그는 자신의 경계 밖을 결코 볼 수 없을 것이다.

29. 강을 건넜다

모든 것을 잃고 나니 내려놓을 수밖에 없었다. 가진 것이 하나도 없게 될 때까지 나는 무엇을 했던 것일까? 어리석었기 때문이었다. 하나라도 더 갖기 위해, 나의 뜻대로 나 스스로와 주위의 사람들이 살아가게 하기 위해, 미련하게도 끝없는 탐욕 생활의 연속이었다.

욕심이 이렇게 나를 망칠지 몰랐다. 나쁜 줄 알았지만, 머리로만 이해했었다. 나하고는 전혀 상관없는 단어인 줄 알았다. 멀리 떨어진, 나에게는 다가오지 않는, 나의 세계와는 관계없는, 그러한 언어로 인식했을 뿐이었다.

그 욕심의 추진력은 나를 돌아보게 하지 못했고, 주위에서 어떠한 일이 일어나는지 볼 수 있는 눈을 가렸고, 소중한 것들이 나에게서 멀어져가는 것을 알 수 없게 만들었다.

멈추려는 마음이 간절했지만, 욕심은 그 마음을 넘어섰다. 욕심은 악마가 되어 나를 삼켰고, 나는 그 구렁텅이에서 빠져나올 수가 없었다.

가지고 있었던 것이 모두 사라져 버리자, 그때서야 그 무서운 탐욕을 내려놓을 수 있었다. 이제는 가지고 싶은 것도, 이루고 싶은 것도, 꿈꾸고 싶은 것도 없게 되었다.

나 스스로를 바라볼 수 없었던 세계에서, 이제는 매일 나를 바라보며 살아간다. 되돌릴 수 없는 시간은 어찌할 수 없으며, 다가올 시간이 어떻게 될지 알 수 없기에 그저 오늘을 만족하며 살아갈 뿐이다.

"강을 건너는 자들은 얼마 없다. 대부분이 강 이쪽 기슭에 머물며 공연히 바쁘게 강둑만 오르내릴 뿐. 그러나 지혜로운 자들은, 길을 좇아서 죽음의 경계를 넘어, 강을 건넌다. 욕망으로부터, 소유로부터, 집착과 식탐으로부터 벗어나, 깨어남의 일곱 등불을 밝혀 온전한 자유를 만끽하며, 지혜로운 자들은 이 세상에서 스스로 깨끗하고 맑고 자유롭게 빛나는 빛이 된다. (법구경)"

이제는 강을 건넌다. 미련 없이, 이 언덕에서 저 언덕으로 그렇게 강을 건넌다. 이 세계나 저 세계나 다름이 없음을 알기에 포기하지도 않고 희망하지도 않는다.

나 스스로 빛난다 해서 무슨 소용이 있을까? 그 누구를 비추어 줄 수도 없다는 것을 알기에 그 소용도 의미 없다는 것을 알고는 있단 말인가?

강을 건너다 바라본다. 물이 흘러가는 것을, 바람이 부는 것을, 파란 하늘이 있다는 것을, 아무 생각 없이 그렇게 바라볼 뿐이다.

30. 취할 것도 버릴 것도

모든 존재는 실체가 없는 것 같다. 어떤 것이든 변하기 나름이며 고정되어 있지 않기 때문이다. 내가 누군가를 좋아하는 마음도 변하는 것 같다. 그렇게 좋았었는데, 어느 정도 시간이 지나면 싫어지기도 하고 심지어 미워하고 증오하기도 한다. 정말 내가 예전에 그렇게 좋아했었던 사실조차 믿어지지 않을 때도 있다. 상대도 마찬가지일 것이다. 내가 좋아했던 그 사람도 예전에 나를 좋아했고, 지금 내가 그 사람이 싫어졌다면 그 사람 또한 나를 싫어하고 있을 수 있다. 이 모든 것은 누구 탓이라고 하기보다는 존재의 본질적 속성이 아닐까 싶다. 이 세상에 변하지 않는 것은 없다.

좋고 싫음은 나의 괴로움의 원인이 될 수 있다. 좋은 것이야 문제가 없다고 생각하면 안 될 것이다. 그 좋은 것이 나중에 싫은 것으로 변한다면 그것이 훨씬 더 커다란 아픔을 줄 수 있기 때문이다. 나와 별로 상관없는 사람으로부터 받는 상처는 며칠 지나면 잊어버릴 수 있지만, 내가 진심으로 좋아했던 사람에게 받는 상처는 평생을 갈 수도 있기 때문이다.

좋고 싫음에 너무 집착하니 이러한 현상이 생기는 것이라 생각

된다. 존재 그 자체로 만족해야 하는데 우리는 그렇게 하지 못하고 있는 것이 현실이다. 내가 좋아하는 사람에게 더 많은 애착을 가지고 있으니 피할 수 없는 것일지도 모른다.

내가 상대를 좋아하는 마음이 언젠가는 변할 수 있다는 것, 상대가 나를 좋아하는 마음도 언젠가는 변할 수 있다는 것을 인식해야 하지 않을까 싶다.

마음뿐만 아니라 존재 그 자체도 변할 수 있다. 예전에 내가 오늘의 내가 아니고, 오늘의 내가 내일의 내가 아닐 수 있기 때문이다. 그렇게 변하는 존재를 거부한다면 이는 나에게 아픔과 괴로움만 주게 될 수 있다.

좋아한다고 해서 취하려 하지 말고, 싫어한다고 해서 버리려 하지 말아야 한다는 생각이 든다. 좋고 싫음은 언제든지 변하며 그것이 존재 그 자체의 본성이기에 취하고 버리는 것은 나의 온전한 주관에 따른 존재로부터의 자유를 스스로 잃게 만드는 길이 될지도 모른다.

존재로부터의 자유는 그 존재로 인해 나의 마음의 좋고 나쁨을 벗어나는 것이라 생각된다. 좋고 나쁨의 경계를 스스로 구별 짓지 말고, 나 스스로 만든 경계에 구속되지 말아야 어떤 존재로부터 속박되지 않는 진정한 내적인 자유를 누릴 수 있지 않을까 싶다.

어떤 것을 취하지도 버리지도 않는 것이 진정한 존재로부터의 자유를 얻는 길이기에, 만약 그것이 가능해진다면 나는 내 주위

의 어떤 존재로부터도 마음의 아픔과 상처를 입지 않게 될 것이
라는 생각이 든다.

31. 소 치는 다니야

〈숫타니파타〉에는 목동 다니야와 부처 간의 아래와 같은 대화가
있다.

소 치는 다니야가 말했다
"나는 이미 밥도 지었고 우유도 짜놓았습니다
마히 강변에서 처자와 함께 살고 있었습니다
내 움막은 이엉이 덮이고 방에는 불이 켜졌습니다
그러니 신이여
비를 뿌리려거든 비를 뿌리소서."

부처는 대답하셨다.
"나는 성내지 않고
마음의 끈질긴 미혹도 벗어버렸다
마히강변에서 하룻밤을 쉬리라
내 움막은 드러나고
탐욕의 불은 꺼졌다
그러니 신이여

비를 뿌리려거든 비를 뿌리소서."

소 치는 다니야가 말했다
"모기나 쇠파리도 없고
소들은 늪에 우거진 풀을 뜯어 먹으며
비가 내려도 견뎌낼 것입니다
그러니 신이여
비를 뿌리려거든 비를 뿌리소서."

부처는 대답하셨다
"내 뗏목은 이미 잘 만들어졌다
거센 물결에도 끄떡없이 건너
이미 저쪽 기슭에 이르렀으니
이제는 더 뗏목이 소용없다
그러니 신이여
비를 뿌리려거든 비를 뿌리소서."

소 치는 다니야가 말했다
"내 아내는 온순하고 음란하지 않습니다
오래 함께 살아도
항상 내 마음에 흡족합니다
그녀에게 그 어떤 나쁜 점이 있다는 말도 듣지 못했습니다

그러니 신이여
비를 뿌리려거든 비를 뿌리소서."

부처는 대답하셨다
"내 마음은 내게 순종하고 해탈해 있다
오랜 순종으로 잘 다스려졌다
내게는 그 어떤 나쁜 것도 있지 않다
그러니 신이여
비를 뿌리려거든 비를 뿌리소서."

소 치는 다니야가 말했다
"나는 놀지 않고 내 힘으로 살아가고 있습니다
우리집 아이들은 모두 다 건강합니다
그들에게 그 어떤 나쁜 점이 있다는 평판도 듣지 못했습니다
그러니 신이여
비를 뿌리려거든 비를 뿌리소서."

부처는 대답하셨다
"나는 그 누구의 고용인이 아니다
스스로 얻은 것에 의해 온 세상을 거니노라
남에게 고용될 이유가 없다
그러니 신이여

비를 뿌리려거든 비를 뿌리소서."

소 치는 다니야가 말했다
"아직 길들이지 않은 송아지도 있고
젖을 먹는 어린 소도 있습니다
새끼 밴 어미소도 있고
암내 난 암소도 있습니다
그리고 암소의 짝인 황소도 있습니다
그러니 신이여
비를 뿌리려거든 비를 뿌리소서."

부처는 대답하셨다
"아직 길들이지 않은 어린 소도 없고
젖을 먹는 송아지도 없다
새끼 밴 어미소도 없으며
암내 난 암소도 내겐 없다
그리고 암소의 짝인 황소도 없다
그러니 신이여
비를 뿌리려거든 비를 뿌리소서."

소 치는 다니야가 말했다
"소를 매놓은 말뚝은

땅에 박혀 흔들리지 않습니다
문자풀로 엮은 새 밧줄은 잘 꿰여 있으니
송아지도 끊을 수 없을 것입니다
그러니 신이여
비를 뿌리려거든 비를 뿌리소서."

부처는 대답하셨다.
"황소처럼 고삐를 끊고
코끼리처럼 냄새 나는 덩굴로 짓밟았으니
나는 다시는 더 모태에 들지 않을 것이다
그러니 신이여
비를 뿌리려거든 비를 뿌리소서."

이때 갑자기 사방이 어두워지고
검은 구름에서 비를 뿌리더니
골짜기와 언덕에 물이 넘쳤다
신께서 비를 뿌리는 것을 보고
다니야는 이렇게 말했다
"우리는 거룩한 부처님을 만나 참으로 얻은 바가 큽니다
눈이 있는 이여
우리는 당신께 귀의하오니
스승이 되어주소서

위대한 성자이시여
아내도 저도 순종하면서
행복하신 분 곁에서 청정한 행을 닦겠나이다
그렇게 되면
생사의 윤회가 없는 피안에 이르러
괴로움에서 벗어나게 될 것입니다."

악마 파피만이 말했다
"자녀가 있는 이는 자녀로 인해 기뻐하고
소를 가진 이는 소로 인해 기뻐한다
사람들은 집착으로 기쁨을 삼는다
그러니 집착할 데가 없는 사람은
기뻐할 대상이 없는 것이다."

부처가 대답하셨다
"자녀가 있는 이는 자녀로 인해 근심하고
소를 가진 이는 소 때문에 걱정한다
사람들이 집착하는 것은 마침내 근심이 되고 만다
집착할 것이 없는 사람은
근심할 것도 없다."

　다니야와 부처의 대화 중 가장 큰 차이는 다니야는 '있다'고 말하지만 부처는 '없다'고 말한다. 하지만 여기서 다니야와 부처를 다른 사람으로 꼭 생각할 필요는 없다. 다니야와 부처가 한 사람일 수도 있다. 즉, 다니야와 부처가 동시에 나일 수도 있다. 그렇게 본다면 내가 내 안에서 '있다'고 할 수도 있고, '없다'고 할 수도 있다.

만약 목동인 다니야의 '있음'이 '없음'으로 바뀐다면 다니야가 바로 부처가 될 수 있는 것이 아닐까? 즉, 소치는 목동인 나는 부처가 될 수 있다는 것이다. 나 자신이 부처와 다름없고 부처가 바로 나인 것이다.

32. 그런 건가 보다

상대에게 최선을 다했지만, 상대는 그것을 잘 알지도, 기억하지도 못하는 경우가 많다. 나름대로 최선을 다한 것이 아무런 의미가 없다고 느껴진다면, 우리는 일상을 어떻게 살아가야만 하는 것일까? 손보미의 〈임시교사〉는 혼자 사는 한 중년 여인이 그 주위의 사람들의 관계에서 느끼는 외로운 삶에 대한 이야기이다.

"아이 아빠는 계속 이야기했다. '모르겠어요. 제가 지금 무슨 이야기를 하고 있는 건지, 그냥 너무 무서워요. 어머니가 어떻게 되신 거죠? 아니, 제 말은 어머니가 병에 걸리신 건 아는데, 그러니까 저희가 뭘 어떻게 해야 하는 건지... 정말 아무것도 생각이 안 나고 그냥 아주머니 생각만 났어요. 저는, 저희는...' 그 말을 하던 아이 아빠가 갑자기 울기 시작했다. 그러자, 아이가 제 아빠를 따라 울기 시작했고, 결국 아이 엄마까지 울기 시작했다. P 부인은 하나도 난감해하지 않았다. 마치 그런 상황이 올 거라는 걸 예상이라도 하고 있었던 것처럼, 혹은 지금 이 상황을 해결하는 것이 자기의 의무인 양, 그들을 차례로 달래 주었다."

임시교사였던 P 부인은 결혼한 지 얼마 되지 않은 변호사 가정의 보모가 되어 그 집안의 많은 일을 도와준다. 치매에 걸린 어머니를 보살펴 주고, 겁이 많은 어린 아들을 보듬어 주며, 삶에 대해 아직은 어려움을 느끼는 변호사와 그의 아내를 성심성의껏 도와준다. P 부인의 진심은 언제까지 계속될 수 있을까?

"몇 달 후 아이 아빠는 승진을 했고, 아이 엄마는 정직원이 되었다. 모든 것이 너무나 완벽했고 잘못된 건 아무것도 없었다. 정말로 나쁜 일은 하나도 일어나지 않았다. 해고 통보를 받은 날 밤, 잠들기 위해 침대에 누웠을 때 P 부인은 언젠가 그 집에서 바라봤던 밤의 풍경을 떠올렸다. 가을밤의 기분 좋은 바람을 느끼며, P 부인은 까만 강을 가로지르는 다리와 조명, 자동차 불빛의 행렬, 그리고 저 건너의 커다란 관람차의 움직임을 보고 있었다. 그때 P부인은 그런 생각을 했었다. 저 불이 모두 꺼지면 이 세상에 무슨 일이 일어날까 하는. 만약 그런 일이 생긴다면, P 부인은 자신이 달려가야 하는 곳은 너무도 명백하다고 믿었었다."

P 부인에 대한 변호사 부부의 고마움은 그리 오래가지 않았다. 치매를 앓는 어머니를 변호사 부부는 요양원으로 보냈고, 어렸던 아이는 학교에 가자, 더 이상 보모였던 P 부인의 따스한 돌봄이 필요 없어졌다. 그리고 나서 변호사 부부는 그동안 P 부인의 도움을 다 잊은 듯 어느날 갑자기 그녀를 해고한다.

"그녀는 자기 삶에서 반복되었던 잘못된 선택, 착각, 부질없는 기대, 굴복이나 패배 따위에 대해 생각했다. 언제나 그런 식이지. 그녀는 항상 그게 용기라고 생각했었다. 그리고 나중에서야 그녀는 그게 용기가 아니라는 걸 깨닫곤 했다. 그렇다면 그건 무엇이었을까? 때때로 무엇인가를 붙잡고 싶어질 때가 있었다. 삶이, 그녀 앞에 놓인 삶이 버둥거림의 연속이고, 또한 기도의 연속이라는 생각이 들 때도 있었다. 더 이상 기도를 하지 않기를 바라는 기도. 제발 내가 또다시 어리석은 결정을 내리지 않게 도와주세요. 그녀는 얼마나 자기 자신이 기도를 하지 않게 되기를 바랐던가.”

임시교사를 선택한 것이 어쩌면 그녀의 잘못일 수도 있다. 어떻게든 정식 교사로 되어 학교에 남아 있어야 했는지도 모른다. 그것이 전부라고 생각하지 않은 것이 실수였는지도 모른다. 하지만 인생이 그런 것 하나로 의해 모든 것이 결정된다면 그것 또한 잘못일 수도 있다. 우리는 어떠한 선택을 해야 하는 것일까? 정녕 최고의 선택이 가능한 것일까?

“그때 아직 그녀가 젊었던 시절에 그녀는 정식 교사가 되기 위한 시험을 계속 준비해야 했다. 그녀는 자신의 부모, 그 무능했고 자신에게 기대기만 했던, 그렇지만 자신이 너무나 사랑했던 부모를 떠올렸다. 그리고 동생 부부, 그들에게도 자식이 있었지만 P 부인은 그 애를 본 적이 없었다. 그녀에게도 좋았던 시절이 있었다. 그녀가 사랑하고 그녀를 사랑했던 남자들이 있던 시절, 끝나지 않을 거라고 믿었던 시절. 결국 그녀의 곁에 아무도 남지 않게 되었지만 그건—누구라도 그러하듯이—그녀가 선택한 삶이 아니었다. 하지만 그녀는 잘못된 일들이 언젠가 아주 조그마한 사건을 통해 한순간에 해결될 것이라고 믿었다.”

우리는 살아가면서 선택을 하지 않을 수 없다. 조그마한 선택이라 생각했던 것이 우리의 삶을 크게 바꾸어 놓을 수도 있고, 아무 것도 아니라고 생각했던 것이 우리의 인생의 길 자체를 바꿀 수도 있다. 지나고 나서 보니 정말 중요한 선택이었던 것도 있고, 나중에 보니 그리 중요한 것이 아니었던 선택도 있다. 그러한 선택으로 인해 인생이 완전히 잘못된다면 어떻게 해야 하는 것일까?

사소한 선택으로 인해 삶의 변화가 생기더라도 또 다른 선택으로 인해 그것이 커다란 문제가 되지 않기를 바라는 것이 잘못인 걸까? 분명한 것은 우리에게 있어 삶은 너무나 불확실하며, 생각한 것대로 바라는 대로 되지 않고, 자신의 힘으로 어쩌지 못하는 것도 많음을 부인할 수는 없다. 분명한 것은 그 선택이 어쩔 수 없이 한 것이라도 그 결과는 내가 받아들일 수밖에 없을 것이다. 삶은 그래서 그런 건가 보다 하며 살아가야 하는 것인지도 모른다. 그것이 어쩌면 최고의 선택보다 나을지도 모른다.

33. 당신은 왜 그 사람을 멀리 보냈는가

소중한 존재라는 사실을 몰랐단 말인가? 어떻게 그것을 모르고 사랑을 했더란 말인가? 사랑을 믿지 못해서, 자신의 시간이 올곧이 담겨 있는 그 삶마저 부인하는 것인가? 서영은의 〈먼 그대〉는 어느 한 여인의 사랑의 아픔에 대한 이야기이다.

다른 것은 바라지 않고 오직 존재만을 바라보고 살아가는 사람들이 있다. 하지만 가슴 아픈 것은 그러한 사람이 진정한 사랑을 얻지 못한다는 것에 있다. 사랑이 그렇게 어긋나서 삶마저 지치게 만드는 것은 어쩔 수 없는 것인가?

"그녀들이 이미 확인한 바와 같이 문자는 남다른 무엇을 소유했던 게 아니었다. 그녀로선 무엇을 하든 그 일을 하면서 사랑하는 사람을 생각한 것뿐이었다. 콩나물을 다듬든, 연탄불을 피우든, 지붕 위의 눈을 치우든 그를 생각하노라면 어딘가 높은 곳에 등불을 걸어 둔 것처럼 마음 구석구석이 따스해지고, 밝아오는 것을 느꼈다. 그 따스함과 밝은 빛이 몸 밖으로 스며 나가 뺨을 물들이고, 살에 생기가 넘치게 하는 것을 그녀 자신은 오히려 깨닫지 못했다."

문자에게는 한수라는 존재가 전부였다. 아내와 아이 둘이 있는 남자가 그녀의 마음속에 들어온 것은 무슨 이유였을까? 현실을 전혀 모르는 것도 아니고, 미래에 대한 걱정을 전혀 하지 않은 것도 아닐 터인데, 문자는 어떻게 그러한 것을 다 알면서도 그런 순수한 마음을 가질 수 있었던 것일까?

"한수가 그녀에게 오는 것은 단지 일요일 뿐이었지만, 그는 항시 그녀의 시렁 위에 걸려 있는 등불이나 다름없었다. 시장에서 물건을 깎다가도 그녀는 '그가 만약 이 사실을 안다면'하고 깎는 일을 그만두었고, 남과 다툴 뻔하다가도 그를 떠올리면 분노가 촉촉하게 가라앉았다. 이렇게 일요일, 화요일 ...... 토요일을 보내는 사이에 그는 그녀의 존재 자체를 조금씩 연금시켜, 이윽고 일요일이 되었을 땐 그녀의 손길이 닿기만 해도 닿는 것은 무엇이든지 금빛물이 들었다. 그녀가 그를 위해 마련한 저녁상은, 가난한 자가 일주일 내내 거친 솥과 젖은 걸레로 마룻바닥을 힘들여 닦아서 번 돈으로 성전 앞에 켤 양초를 사는 것같이 마련된 것이었다."

손에 닿지 않는 먼 곳에 있는 듯한 존재, 하지만 그 존재를 사랑할 수밖에 없는 것은 그저 그녀의 운명이었던 것일까? 멀리 존재하고 있지만, 단순히 존재하는 것 자체만으로도 그녀에게는 충분했던 것일까?

우리 대부분은 사랑이라는 것을 자신을 위해서, 자기에게 맞는 한에서 받아들이는 경우가 태반이다. 그러한 조건이 만족해지지 않는 경우, 서슴없이 사랑을 배신하는 경우도 너무 흔하다.

하지만 문자에게는 사랑으로 모든 것이 족했다. 그 어떤 다른 것도 그녀에게는 필요 없었다. 그가 그녀에게 가끔씩 올 수 있는 것만으로도 만족했다.

"어느 날 문자는 시계를 보고 자리에서 일어나는 그의 내의 자락을 뒤에서 꽉 움켜쥐며 '가지 말아요, 오늘 밤만은 함께 있어줘요' 하고 등에 얼굴을 묻었다. 그러나 이내 잡은 옷자락을 맥없이 놓아 주는 순간, 울컥 울음이 넘어오는 것을 간신히 참았다. 예전에는 문자의 손길이 닿은 것마다 금빛으로 물들었던 것이 이제는 그녀의 가슴을 미어지게 할 때가 많았다. 그녀는 그에게 옷을 입혀 주려고 옷걸이에서 양복을 걷어 내다 그 속주머니에 찔러진 두툼한 돈 뭉치를 보고도 목이 메었고, 보자기에 싸서 아랫목에 묻어 두었던 그의 구두를 꺼내다가 밑창에 새겨진 고급 상표를 보고도 가슴이 미어졌다."

　잡고 싶지만 잡을 수도 없는 사랑이었다. 단순히 운명을 받아들이는 것으로는 그녀의 사랑을 설명할 수는 없을 것이다. 그녀에게는 사랑의 힘이 제일 컸기에, 그 모든 것이 그녀에게 주어지지 않더라도, 심지어 자신의 모든 것을 빼앗길지라도 있는 그대로의 존재, 그 이상을 바라지 않았다. 존재 그 자체가 그녀에게는 사랑이었다. 그 존재의 어떠함은 그녀에게 아무런 문제가 되지 않았다.

"고통이여 나를 찔러라. 너의 무자비한 칼날이 나를 갈가리 찢어도 나는 산다. 다리로 설 수 없으면 몸통으로라도, 몸통이 없으면 모가지만으로라도, 지금보다 더한 고통 속에 나를 세워 놓더라도 나는 결코 항복하지 않을 거야. 그가 나에게 준 고통을 나는 철저히 그를 사랑함으로써 복수할 테다. 나는 어디도 가지 않고 이 한자리에서 주어진 그대로를 가지고도 살 수 있다는 것을 보여줄 테야. 그래, 그에게뿐만 아니라, 내게 이런 운명을 마련해 놓고 내가 못 견디어 신음하면 자비를 베풀려고 기다리고 있는 신에게도 나는 멋지게 복수할 거야."

아무리 커다란 고통이 그녀를 덮칠지라도 그녀는 두려워하지 않았다. 사랑의 아픔을 복수한다고 하지만, 그녀에게는 복수마저도 사랑이었다. 그에게 어떠한 일이 일어나더라도, 그녀는 그 모든 것을 받아들일 수 있는 사람이었다. 그녀에게 어떠한 일이 일어나도 모든 것을 견뎌낼 수 있는 사람이었다. 그녀의 사랑은 그만큼 크고 깊었다.

"그날 저녁 그의 넥타이를 받아 옷걸이에 걸다가 문자는 그것에 꽂혀 있는 진주 넥타이핀을 발견했다. 그러나 그녀의 가슴은 이전처럼 미어지지 않았다. 마침내 그녀의 맘속으로부터 그가 가진 모든 것이 무관해졌던 것이다. 그가 누리는 모든 것이 그녀와 무관해졌다. 문자는 오로지 곁에서 담담한 맘으로 지켜볼 뿐이었다. 그의 끝없는 욕망이 그의 집 문전에 줄을 잇는 업자들의 선물 상자와 돈 봉투를 딛고 자꾸자꾸 높아지는 것을."

모든 것을 받아들일 수 있으니 모든 감정과 사고가 사라지고 말게 되는 것일까? 어떠한 일이 생기더라고, 모두 다 포용할 수 있게 되는 것일까? 자신의 감정도 더 이상 문제되지 않는 것일까? 추측하건대 그녀의 담담함은 그녀의 사랑을 온전히 보여주고도 남을 것이다.

"한수의 아내가 아기를 데리러 나타나기 며칠 전부터 문자는 밤마다 아기를 빼앗기는 꿈을 꾸었다. 때로는 아기를 안고 검은 옷의 괴한을 피해 산으로 들로 쫓겨 다니기도 했고, 때로는 아기를 이미 빼앗겨 실성한 듯이 찾아다니다 잠이 깨기도 했다. 잠이 깨어 보면 꿈속에서 질렀던, 자기 목소리 같지 않은 비명의 여운이 그저도 귓가에 맴돌고 있었다."

자신의 가장 소중한 존재인 자식마저 빼앗김에 불구하고, 그녀는 그것마저 받아들였다. 너무나 불안하고 걱정이 되어 평상시에 그러한 꿈을 꾸었고, 결국은 현실에서도 그렇게 되어 버리고 말았다. 그렇게 되지 말아야 했다. 하지만 그녀가 할 수 있는 것이 없었다. 사랑이라는 것이 죄가 될 뿐이었다. 차라리 사랑을 하지 않은 것이 더 나았을지도 모른다. 그랬다면, 겪지 않아도 될 아픔을 경험하진 않았으리라.

"가엾어요. 그리고 너무너무 데려오고 싶어요. 하지만, 나는 그 아이를 데려옴으로써 나 자신을 만족시키고 싶지 않아요. 옥조를 내놓을 때 이미 그 아이는 제 맘에서 떠나갔어요. 그렇다고 그 아이를 사랑하지 않는다는 얘기는 아녜요. 제가 옥조를 사랑하는 맘은 여느 엄마들이랑 달라요. 얼마 전 칭기스칸에 관한 전기를 보았어요. 그는 금나라를 치고 나서, 그 낯선 나라의 낯선 사람에

게 자기 아들을 버리고 떠나더군요. 칭기스칸으로 하여금 영웅이
되게 한 것은 아들을 버림으로써 사랑까지도 밟고 지나갈 수 있
었던 바로 그 힘이었던 것 같아요. 소유에 대한 집념과 마찬가지
고 혈육 역시도 초극되어야 할 그 무엇이라 여겨져요."

　모든 것을 초월하게 될 수밖에 없는 그녀, 자신의 자식마저 넘
어서야만 했던 그녀, 그런 그녀에게 왜 그 사람은 그녀를 그렇게
멀리 보내고 마는 것일까? 모든 것을 잃고 나서야 알게 되는 것
일까? 지금 있는 그 자리에서 소중하게 생각하는 것이 그리 어려
운 것일까?

　"고통의 사다리를 오르는 일이 다 쓸데없는 짓이라면? 이 길
의 끝에 아무것도 없다면? 모든 것이 다 조작된 의미라면? 아픔
과 고통의 끝이 또 다른 아픔과 고통의 연속으로 이어진다
면......?"

　그녀에게 그는 항상 먼 그대였는지도 모른다. 그 거리를 좁히고
싶었지만, 그 거리는 좁혀지지 않는 절대적인 거리인지도 모른
다. 영원히 그 먼 자리를 지키고 있을지도 모른다. 오래도록 그
거리가 좁아지기를 바랐지만, 언젠간 그것이 불가능하다는 것을
깨닫게 될지도 모른다.

　"그가 단추를 채우는 동안 문자는 먼저 부엌으로 나와서 그가
신기 좋게 구두를 가지런히, 그리고 약간 벌려 놓아 주었다. 밥을
푸다 만 밥솥에서 김이 서려 올라 자욱했다. 문득 쓰라린 비애를
느꼈으나 그녀는 조용히 웃었다. 한수는 문자가 문밖에서 배웅하

고 있다는 것을 알면서도 곧장 뚜걱뚜걱 아래로 내려갔다. 그는 언덕을 내려가 잠시 후엔 시야에서 사라졌다. 그러나 문자에겐 그가 자기 시야에서 끝도 없이 멀어지고 있을 뿐인 것으로 느껴졌다. 그는 이미 한 남자라기보다, 그녀에게 더 한층 시련을 주기 위해 더 높은 곳으로 멀어지는 신의 등불처럼 여겨졌다. 그리하여 그녀는 그것에 도달하고픈 열렬한 갈망으로 온몸이 또다시 갈기처럼 펄럭였다."

  그렇게 떠나보내야 한다. 떠나보내고 나서도 그립지만 지금은 그렇게 떠나보내야 한다. 차라리 먼 곳에 있다고 생각하고 담담히 살아가는 것이 최선일지 모른다. 비록 그 사람이 멀리 있다고 하더라도, 사랑을 잃지 않기 위해, 그 사랑이 어떠한 것이든 그녀에게는 그만큼 소중하기 때문이다.

34. 2022년 춘천 마라톤을 뛰고 나서

나의 가능성의 영역을 넓히는 일, 그것이 내가 오늘 존재하는 이유 중의 하나가 아닐까? 가능성의 영역을 넓힌다는 것은 나 자신의 한계를 깨고, 더 나은 나로 거듭 태어나는 것을 뜻하는 것이라는 생각이 든다.

현재 나의 모습에 안주한다면 더 나은 나 자신을 찾지 못한 채 새로운 나를 만나지도 못할 것이다. 새로운 나를 만나기 위해서는 현재의 나를 넘어서야 한다. 현재의 나를 가두고 있는 그 한계의 울타리를 과감하게 벗어나야 한다. 그 울타리에 갇혀 있는 한 새로운 세계에 존재할 수 있는 나와 조우할 수 없다.

내면의 한계에 마주하였을 때 이에 굴복하지 않고 버텨내 그 한계를 넘어서야 한다. 육체적 한계에 다다랐을 때 비록 힘들고 어려울지라도 이를 극복할 수 있어야 한다. 그것이 나의 가능성의 영역을 확장시킬 수 있는 좋은 기회가 되지 않을까 싶다.

우리는 살아가다 보면 언제 어디서나 힘들고 어려운 고비를 만날 수밖에 없다. 고통과 괴로움이 동반된 삶의 무게에 짓눌리는 경우도 있다. 연이은 아픔과 외로움으로 인해 홀로 고독 속에 빠지기도 한다. 드넓은 광장에 아무도 없이 모든 것을 스스로 헤쳐

나가야만 한다. 도저히 이겨낼 수 없을 것 같은 운명적 회오리에 접하기도 한다. 제발 나에게서 사라져 버리기를 바랄 수밖에 없는 불운과 마주할 수도 있다. 내가 원하지 않는 일들로 나의 갈 길을 수정할 수밖에 없는 일도 있다. 하지만 이러한 모든 것이 어쩌면 더욱 강한 나로 거듭 태어나, 보다 나은 자아로 될 수 있는 기회가 될지도 모른다. 물론 그러한 일들이 너무나 버겁고 힘에 겹지만, 나 자신을 믿고 조금씩이라도 앞으로 나아가려는 마음으로 접하는 것이 진정 나를 사랑하는 길이 아닐까 싶다.

"보라, 나는 그대들에게 초인을 가르친다. 초인의 대지의 뜻이다. 그대들의 의지는 초인은 대지의 뜻이라고 말한다. 나의 형제들이여, 내가 그대들에게 맹세하거니와 이 대지에 성실하고 천상의 희망에 대해서 이야기하는 자들을 믿지 말라. 그들은 자신들이 알든 모르든 독을 섞는 자들이다. 그들은 삶을 경멸하는자, 죽어 가는 자, 독에 중독된 자들이며 이 대지는 그들에게 지쳐 있다. 그러므로 그들이 죽어가는 것은 당연하다. (니체, 차라투스트라는 이렇게 말했다)"

무엇보다 중요한 것은 나 자신을 사랑하는 자가 진정한 초인이라는 생각이 든다. 초인이 되고자 하는 것은 운명의 부름일지도 모른다. 더 나은 미래의 나를 위해 운명이 나를 그렇게 부르고 있다.

주어진 기회로 나 자신의 한계를 넘어서는 일도 있겠지만, 더 나은 나를 위해 스스로 어려움에 빠뜨려 이를 극복하여 나의 한계를 깨뜨릴 수도 있다. 애써 내면의 힘을 기르기 위해 스스로 훈련을 할 수도 있고, 더 나은 나를 위한 길을 모색할 수도 있다.

2022년 10월 23일에 있었던 춘천 마라톤 대회에 참가해 보았다. 나의 육체적인 한계는 어디인지 알고 싶었다. 생애 처음으로 42.195km를 완주해 보았다. 이제는 나는 안다. 나의 육체적 한계가 어디인지를. 한계를 넘어서 보니 전에 알지 못했던 것을 알 수 있었다.

나 자신의 한계를 극복하는 것에서 살아있음을 느낀다. 어려운 일이 나에게 다가와도 그것을 극복하는 것에서 나의 살아있음을 증명하려 한다. 앞으로 또 육체적인 마라톤을 뛸지는 모르지만, 다른 마라톤을 뛰며 나의 한계를 극복하려 한다. 그것이 나의 가능성의 영역을 넓히는 길이라는 것을 너무나 잘 알기 때문이다.

35. 정의는 살아있을까?

이병주의 〈소설 알렉산드리아〉는 알렉산드리아에 일어난 가상적인 한스사라 사건에 대한 이야기이다. 한스 셸러는 2차 대전 당시 자신의 모든 가족을 히틀러 정권에 의해 잃었고, 사라 안젤은 스페인 내전에서 독일군에 의한 무차별적 폭격으로 그녀의 모든 가족을 잃었다. 한스와 사라는 삶의 흐름에 밀려 알렉산드리아에 가게 되었고, 그곳에서 만나 자신들의 원수인 히틀러 정권의 앞잡이 중 한 명을 살해하게 된다.

"심리 과정에서 나타난 바에 의하면 피고는 자기 자신에 관한 직접적인 원한에 대해선 이를 견디고 복수할 생각은 하지 않았다고 한다. 그러나 자기가 사랑하는 사람의 원한은 풀어주어야 한다고 마음먹었다고 한다. 자기를 밀고하고, 구박하고, 학대한 사람들에 대해선 소련의 억류 생활 중에 얼마라도 원수를 갚을 수 있었지만, 모든 것을 피차의 운명으로 돌리고 되레 감싸주었다고 한다. 이 사건의 보도가 전해지자 이러한 그의 성품을 증명할 만한 투서가 기왕의 전우에게서 본사 앞으로 수십 통 날아들기도 했다."

한스와 사라가 행한 살인은 어떤 의미일까? 사랑하는 자신의 가족을 모두 잃게 한 히틀러 정권의 앞잡이를 죽인 것은 어떤 심판을 받아야 하는 것일까? 우리는 한스와 사라의 행위를 어떻게 받아들여야 하는 것일까?

수천만 명의 무고한 생명을 사라지게 한 정권은 어떻게 해서 탄생하게 되었을까? 그러한 정권이 계속 유지될 수 있었던 것은 어떻게 가능했던 것일까? 정의는 정말 살아있는 것일까? 그 정의를 실현해야 할 인간의 존재는 그토록 미약했던 것일까?

"최고의 미덕은 불의를 행한 자에게 자기희생을 각오하고 복수하는 행위다. 동서의 법률 전통에는 관허의 복수 행위가 있었다. 이것을 부활시켜야 한다. 이래야 불의를 행한 놈이 꿈쩍 못하리라. 불의와 사악한 야심에의 정열은 치열해 가는데, 이를 징치해야 할 테러의 정열이 식어간다는 것은 통탄할 일이다. 히틀러 정권 따위의 강도적 협잡 정권의 앞잡이 하나쯤을 죽였다는 사실을 가지고 왈가왈부하는 것은 영광의 도시 알렉산드리아의 영예를 위해서 부끄러운 일이다."

인간은 완전한 존재는 아닐 것이다. 그러한 의미에서 불의와 정의는 공존할 수밖에 없을지도 모른다. 하지만 인간의 의지는 그 영역을 충분히 조절할 수 있을 것이다. 불의의 영역을 줄이고 정의의 영역을 넓혀 가는 것이 지금 우리가 이 자리에 있는 의미가 아닐까 싶다. 비록 그러한 것이 결코 쉽지는 않지만, 많은 대중의 의지가 그 실현을 앞당길 수 있지 않을까 싶다.

36. 나를 발견하기 위해

나는 나에 대해서 얼마나 알고 있는 것일까? 혹시 나 자신은 나를 잘 알지도 못하면서 살아가고 있는 것은 아닐까? 진정한 나의 모습을 알기 위해 나는 어떤 것을 해야 하는 것일까?

일상적인 자아, 관성적인 나 자신은 진정한 나와의 관계에서 어떤 의미가 있는 것일까? 의미 있는 순간의 지속적인 삶을 위해서는 어쩌면 진정한 나 자신을 발견하는 것이 첫걸음일지도 모른다.

"그러나 어떻게 해야 우리는 자기 자신을 만날 수 있을까. 어떻게 하면 자기 자신을 알 수 있을까. 인간은 덮여서 감춰진 하나의 어두운 존재이다. 그리고 토끼에게 일곱 겹의 가죽이 있다면, 인간은 7의 70곱의 벗기더라도 '이것이야말로 진짜 너다. 이것은 이젠 가죽이 아니다'라고 말하지는 못할 것이다. 여기에 다음과 같은 방법이 있다. 그것은 젊은 영혼이 '지금까지 네가 정말 사랑해 온 것은 무엇이었는가, 너의 영혼을 점령하고 동시에 그것을 행복하게 해 준 것은 무엇이었는가'하고 물으면서 과거를 되돌아보는 일이다. 존경을 바쳤던 대상을 당신 앞에 늘어놓아 보는 것이다. 그러면 아마 그런 것들을 그 본질과 그 연계에 의해

155

서 하나의 법칙을, 당신의 본래적 자기의 원칙을 제시해 줄 것이
다. 왜냐하면 당신의 진정한 본질은 내면 깊이 당신 속에 감추어
져 있는 것이 아니라, 당신을 초월한 아득히 높은 곳에 혹은 적어
도 보통 당신이 당신의 '자아'로 보고 있는 것 위에 있기 때문이
다. (니체, 반시대적 고찰)"

　진정한 나 자신을 찾는 것은 그리 쉽지 않은 것만은 분명하다.
하지만 더 시간이 가기 전에 다른 것보다 먼저 해야 하는 일이 그
것이 아닐까 싶다. 나 자신은 고정되어 있지 않고 변할 수 있기
에, 그 변하는 나 자신마저도 스스로 인식할 필요가 있다. 그 변
화의 방향을 바꿀 수 있기 위해서라도 진정한 나 자신을 알기 위
해 부단없이 노력해야 하는 것이 중요하다는 생각이 든다.

　배가 항구를 떠나고 있다. 그 배가 어디로 갈지, 항해 도중 어
디에 있는 것인지 모른다면, 그 항해는 단지 시간 낭비를 하는 것
밖에 되지 않을 것이다. 하루하루 살아가고 있지만, 나 자신을 모
른 채 살아가고 있다면, 그 많은 시간들이 그리 커다란 의미 없이
지나가고 있는 것과 마찬가지일 것이다.

　내가 진정으로 사랑하는 것은 무엇일까? 내가 무엇보다도 먼저
하고 싶은 것은 무엇일까? 나는 무엇을 하면서 행복을 느낄 수
있는 것일까? 나는 무엇을 함으로써 살아있음을 느낄 수 있는 것
일까? 이러한 질문이 진정한 나를 발견할 수 있는 길일 수도 있
다. 중요한 것은 그것이 어떤 방법이든 상관없이 나 자신을 발견
하여 진정한 나의 삶을 살아가는 것이 나에게 주어진 시간을 부

끄럽지 않게 사용하고 있는 것이 아닐까 싶다.

　나를 발견하지도 못한 채 그저 일상적인 나로만 살아가고 있다는 것은 어쩌면 가장 슬픈 현실일 수도 있다. 그 슬픈 현실이 더 이상 계속되지 않게 하는 것은 오로지 나에게 달려 있는 것이 아닐까 싶다.

37. 어떤 선택이 최선일까?

　우리는 살아가면서 수많은 선택을 하게 된다. 그 선택에 앞서 많은 생각을 하기 마련이며, 스스로의 의지에 의해, 혹은 어쩔 수 없이 한 가지를 택하곤 한다. 그러한 우리의 선택은 정말 최선인 것일까? 서영은의 단편 소설 〈묘수〉는 삶에 있어서 어떤 생각을 하고 선택을 하는 것이 최선일지에 대한 이야기이다.

　"다 무익하고 부질없으니 놓아라, 놓아라, 하는데도 놓지 못하고 가슴에 얼굴을 파묻은 채 울음을 삼킨 유일한 것은 사랑, 그것뿐이었다. 하지만 이 세상에서 사랑 그것만큼 부질없는 것이 또 있을까…. 사랑이란 타인 안에서 내가 죽는 것, 그 잔인한 역설과 오랜 세월 진저리 나게 겨루어 왔음에도 나는 상처투성이인 채 아직 살아 있다. 나의 이 살아 있음은, 죽음이 있어 부질없고 무가치한 것이 아니라 죽음 때문에 불멸로 반전되리라고 믿는다면, 사람들은 알 수 있을까. 그래서 그 나귀가 내 가슴에 얼굴을 부빌 때 나는 알았노라고, 하나님의 사자임이 틀림없다는 확신은 홀연히 나타난 나귀의 신비로운 몸짓 때문이 아니라, 내가 살아온 전 생애, 생의 허무한 궁극, 역설과 끈질기게 대면하며 품게 된 비통한 갈망이 가르쳐 준 것이라고 한다면 답이 될까."

사랑도 어쩌면 하나의 선택이라 할 수 있을 것이다. 나만이 아닌 타인과의 관계에 따른 그 선택은 우리의 삶을 어떻게 바꾸어 놓는 것일까? 사랑이란 진정 타인 안에서 내가 죽는 것일까? 만약 그렇다면 왜 그러한 선택을 하는 것일까?

오래도록 겨루는 것을 피하는 사람은 진정한 사랑을 할 자격이 없는 사람이 아닐까 싶다. 많은 경우 자신이 원하는 대로 되지 않기에 소중했던 그 사랑마저 끊기도 한다. 또한, 자기 편한 대로 살기 위해 애써 선택한 그 사랑을 배신하기도 한다.

사랑은 불멸이어야 한다. 그것이 진정한 사랑이다. 그러기 위해서는 나 자신을 버려야 한다. 스스로를 내세우는 한 참된 사랑은 존재하기 힘들다. 사랑은 선택으로 시작할지 모르나 그 지속은 선택만으로는 감당하기에 충분한 것이 아닐지 모른다.

"순례를 마치고 집으로 돌아온 나는 일상의 삶에서 믿음에 뿌리를 둔 소소한 결단을 이어갔다. 사업을 한다고 큰돈을 빌려가서 삼 년 만에 파산한 조카를 빚쟁이의 굴레에서 풀어 주었고, 값나가는 보석류나 그림들을 지인들에게 나누어 주었고, 내 삶의 여전한 의미일 수 있는 부부의 인연에도 더 이상 연연하지 않았고, 도움을 구하는 손길이 있으면 그것이 금전이라 할지라도 거절하지 않고 과감히 손을 폈다. 높임을 받는 자리에는 나서지 않으려 애썼고, 바깥의 일들도 최소한의 생활비를 충당할 만하면 더 이상 받지 않았다."

그녀가 산티아고 순례를 다녀온 이유는 무엇이었을까? 산티아고 순례 후 그녀의 삶은 어떻게 바뀐 것일까? 더 이상 최선의 선택을 기대하지 않는 것일까? 아니면 인생에서 묘수라는 것은 그다지 큰 의미가 없다는 것을 깨달았던 것일까?

최선이라고 해서 선택한 것이 최선이 아닐 수도 있다. 그것은 선택하는 이의 한계 때문이기도 하고, 우리의 삶 자체가 불확실하기 때문이기도 하다. 나의 선택이 최선이 아닐 수 있다는 마음, 그것이 최선의 선택을 하려 하는 것보다 더 중요한 것이 아닐까?

38. 스쳐 지나가는 인연이었나?

수많은 사람들을 만나고 헤어지면서 우리의 인생도 흘러가기 마련이다. 그러한 과정에서 가슴이 뛰거나 가슴이 시리고, 마음이 기쁘고 마음이 아프며, 행복을 느끼고 불행에 눈물을 흘리기도 한다. 조경란의 〈좁은 문〉은 어느 한 남녀의 스쳐 지나가는 인연에 대한 이야기이다.

"농밀한 안개가 입김처럼 뜨겁게 다가왔다. 남자는 그러다가 여자의 얼굴이 아주 보이지 않게 될까 봐 초조했지만 그것이 막이 걷히듯 확 사라질까 봐 더 두렵기도 했다. 사람과 사람 사이에 틈이 있고 중요한 건 그 틈을 없애는 게 아니라 지켜나가는 것이라면 그 순간 남자는 여자와 자신 사이의 틈을 안개가 대신 채워주기를 간절히 원하고 있었다. 그러나 그네를 타는 여자는 너무 높은 곳에 있고, 여자는 안개를 안개라 말하지 않을지도 모른다. 꿈결인 양 여자의 목소리가 들려왔다. 그 어둠과 안개 속에서 남자는 자신이 이 세상에서 진정으로 존재한다는 것을 깨달았다. 그게 다 지난 일이라는 걸, 남자는 믿을 수 없었다."

안개를 바라보면 왠지 신비롭고 마음이 편하기도 하지만, 이내 곧 사라져 아쉽기도 하다. 언젠간 사라질 줄 알면서도 안개를 한

참이나 바라보곤 한다. 사람과 사람 사이에는 안개로 채워져 있는 것일까? 어느 순간 너무 좋았다가 시간이 지나가면 그 좋은 감정마저 다 사라지곤 한다. 인간의 감정도 안개와 같은 것일까? 그로 인해 인연도 왔다가 그렇게 사라지는 것일까?

"그 종을 치는 모든 이들은 바라던 소망을 이룰 수 있다고 전해진다. 하지만 아직 누구도 거길 가본 사람은 없다고 한다. 여름이나 겨울이나 짙은 안개가 길을 가로막고 있기 때문이다. 안개 속으로 한번 사라진 사람들은 다신 돌아오진 않는다. 한번 그 길을 떠난 사람의 안부를 누구도 알지 못했다. 그 섬의 이름은 아무도 모른다. 다만 소원의 종이라는 전설을 남자는 기억할 따름이었다. 안개…. 남자는 다시 안개를 생각했다."

한번 사라진 안개는 다시 볼 수는 없다. 다음날이 되면 또 다른 안개가 나타날 뿐이다. 하지만 그 안개는 모두 다른 안개일 뿐이다. 영원히 잡을 수 없고, 함께 할 수 없는 것이 안개일지 모른다. 누군가를 향한 마음도 시간의 함수인 것일까? 시간이 지나고 나면 언제 그러한 감정이 있었냐는 듯, 그냥 사라져 버리고 마는 것일까?

"여자도 그것을 안개라고 부를 것인가. 남자는 자꾸만 반문했다. 안개는 지상에 내려온 구름이다. 땅에 서 있는 사람이 높은 산의 정상에 있는 미세한 물방울의 무리를 보면 그 사람은 그것을 구름이라고 할 것이다. 그러나 산의 정상에 서 있는 사람에게는 그것이 주위의 안개일 뿐이다. 남자는 안개를 본다. 여자는 구름이라고 한다. 남자는 구름을 본다. 여자는 그걸 안개라고 말할 것이다. 그것을 땅의 가장 가까운 곳에서는 이슬이라고 부른다. 남자와 여자는 같은 이름을 제각각 다른 이름으로 부르는 것이다."

똑같은 것이라 할지라도 사람마다 각각 다를 수 있다. 어쩌면 그것이 당연한 것이지만, 그 당연함을 인정하지 못하는 것 또한 우리의 현실이다. 누군가에게는 안개로 보이는 것이 다른 누군가에게는 구름으로 보일 뿐이다. 그러는 사이 안개는 사라져 버리고 구름은 흘러가 버린다. 잡을 수 있을 것 같지만, 그렇게 스쳐 지나가 버리고 만다.

"시간이 많이 흘렀다. 남자는 어디로 갔을까. 여자는 발끝이 천장에 닿을 정도로 하체를 쭉 뻗는다. 그런데 내가 그를 만난 적이 있었던가. 여자는 장담할 수 없었다. 안개 속에 서 있던, 아주 잠시 대화를 주고받았던 그 남자는 전당포 남자가 아니었을지도 모른다. 여자는 혼란스러워지는 것을 느꼈다. 어쩌면 그를 만났었다는 유일한 증거일지도 모를 오래된 전표 한 장이 주머니에서 떨어지는 것을, 그 전표를 이제 막 계산을 치른 남녀가 무심히 밟고 지나가는 것을 여자는 알지 못했다."

시간이 지나 다시 찾고 싶지만 스쳐 지나간 것은 돌아오지 않는다. 사라져 버린 것 또한 다시 만날 수 없다. 만남과 헤어짐은 우리가 어쩔 수 있는 상수가 아닌 우리가 어쩌지 못하는 함수일지 모른다.

39. 최선이 전부가 아니다

  무언가를 이루기 위해 내가 할 수 있는 최선을 다하지만, 그 최선이 나를 힘들게 하기도 한다. 치열하게 하루를 살아내고, 그러한 하루가 일주일로, 일주일이 한 달로, 그렇게 이어지다 보면 나 자신을 잃어버린 채, 내가 나의 삶이 주인이 아닌, 나의 일이 나의 삶의 주인으로 바뀔 수도 있다. 무엇을 위하여 나는 최선을 다하고 있는 것일까? 내 삶의 주인을 내가 아닌 다른 것에게 양보하기 위해 최선을 다하는 것일까?

  어떠한 목표를 위해 많은 것을 희생하지만, 정작 그 과정을 잃어버린 채 오직 목표를 성취하는 것에 빠져 더 소중한 것을 잃어버릴 수도 있다. 뿐만 아니라 가장 소중한 나 자신을 돌아보지 못한 채 나 자신마저 잃어버릴 수도 있다.

  내가 지향하고 설정했던 목표를 다 이루고 났더니, 정작 허무하고 허탈하여 그동안의 시간과 희생이 후회될 수도 있다. 하지만 모든 것은 이미 끝나 버렸고, 아름다울 수 있었을 시간은 다시 돌아오지 않는다.

〈오랫동안 바다에서〉

M. 클레어

아주 오래전 집을 떠나왔고
이제는 나의 얼굴을 알아볼 수 없네
나는 생명의 보트를 만들어
드넓은 바다로 떠났지
나는 손을 흔들었네
바다는 내가 감당할 수 있는 것과
감당할 수 없는 것 모두를 줄 거라는 걸
아는 모든 이에게
그들은 손을 흔들었고
나는 드넓은 바다로 향했네
내 생명의 보트에 몸을 싣고
영혼과 가슴으로 보트를 만들었지
그리고 아무것도 모르는 채
드넓은 바다로 그 배를 밀어 넣었지
그렇게 집을 떠나왔네
오랜 세월이 흐른 지금
나는 내 얼굴을 알아보지 못하네
하지만 나는 안다네

166

집

집은 나를 기억한다는 걸

우리가 이루려는 목표가 전부가 된다면 그 목표는 그리 의미 있는 것이 아닐지도 모른다. 왜냐하면 그 목표가 과정에서 우리가 느낄 수 있는 많은 다른 소중한 것들을 잃어버리게 했기 때문이다.

오래도록 집을 떠난 후 나 자신을 알아보지 못한 순간에야 나 자신을 잃어버렸음을 깨닫는다면 삶은 너무 허무할 수밖에 없을 것이다. 드넓은 바다를 항해하는 동안 가끔씩이라도 집을 생각했으면 어땠을까? 최선을 다하는 과정에서 내가 무엇을 위해 그 자리에 서 있었던 것인지 돌아보았다면 어땠을까?

내가 건널 수 있는 바다였을까? 어디까지 항해를 할 수 있을 것이라 생각했던 것일까? 언제 다시 나의 집으로 돌아갈지 떠나오기 전부터 마음에 두었던 것일까? 아니면 무작정 멀리 갈 생각만 했던 것일까? 이제 항해를 끝내고 집으로 돌아가야 할 때가 된 것은 아닐까? 더 소중한 것을 잃기 전에, 가장 소중한 나 자신을 잃기 전에, 이제는 항해의 목표를 수정해야 하는 것은 아닐까?

최선이 전부가 아닐 수도 있다. 최선을 다한다고 해서 우리의 소중한 인생이 완성되는 것도 아니다. 목표를 이루었다고 해서 삶이 완전해지는 것도 아니다. 내가 어디까지 최선을 해야 하는지 아는 것이 최선을 다해 목표를 이루는 것보다 더 중요한 것일지도 모른다.

40. 오늘이 다 가기 전에

시간이 빨리 흘러간다는 것을 모르는 사람이 있을까? 알면서도 의미 있는 시간을 만들어 가는 것은 그리 쉽지 않은 것이 사실이다. 봄이 왔는가 싶더니 여름이 오고, 더위에 지치다 보니 어느새 가을이고, 울긋불긋 단풍을 보다 보면 어느새 겨울이 온다. 하얀 눈이 펑펑 내리는 것을 보고 벌써 한 해가 다 지나간다고 느끼곤 한다.

나름대로 열심히 달려왔건만, 후회되는 일도 많고 미련이 남는 것도 많을 뿐이다. 그래도 이 해가 가기 전에 꼭 해야 할 일이 남아있다. 조금은 힘이 들어도 그 일만은 꼭 해야 하지 않을까 싶다. 나에게 소중한 일이기에, 더는 미뤄서는 안 되는 일이기에, 나중에 정말 후회할 것 같기에, 비록 남아있는 시간은 얼마 되지 않지만 꼭 그 일은 끝내야 할 듯하다.

⟨Stopping by Woods on a Snowy Evening⟩

Robert Lee Frost

Whose woods these are I think I know,

His house is in the village though ;

He will not see me stopping here

To watch his woods fill up with snow.

My little horse must think it queer

To stop without a farmhouse near

Between the woods and frozen lake

The darkest evening of the year.

He gives his harness bells a shake

To ask if there is some mistake.

The only other sound's the sweep

Of easy wind and downy flake.

The woods are lovely, dark and deep,

But I have promises to keep,

And miles to go before I sleep,

And miles to go before I sleep.

〈눈 내리는 저녁 숲 가에 서서〉

로버트 프로스트

여기가 누구의 숲인지 알 듯하다
그 사람 집은 마을에 있으니
그인 모르리라, 내가 여기 서서
그의 숲에 눈 쌓이는 모습을 지켜보는 걸.

내 조랑말은 이상하게 여기리라
숲과 얼어붙은 호수 사이에
농가라곤 가까운 데 없는데
연중 가장 캄캄한 이 저녁에 길을 멈췄으니.

마치 무슨 까닭인지 묻기나 하듯
방울을 한번 흔들어 보는 조랑말
그 밖에 다른 소리란
가는 바람과 솜털 같은 눈송이 스치는 소리뿐.

숲은 아름답고 깊지만
내겐 지켜야 할 약속이 있네
아직 가야 할 길이 남아있네
아직 가야 할 길이 남아있네

나에게 가장 소중한 일은 어떤 것일까? 길을 마무리하기 전에 꼭 해야 할 일은 무엇인 걸까? 나는 그것을 잘 알고는 있는 것일까?

이제는 잠시 멈추어 서서 눈이 내리는 소리를 들어야 할 때이다. 바람이 어디로 부는지도 봐야 할 때이다. 내가 걸어온 길을 돌아볼 때이다. 그렇지 않다면 조용히 흘러가는 인생을 볼 수가 없을지도 모른다.

남아있는 시간 동안 진정 의미 있는 것을 알아야 하는 것이 아닐까? 더 시간이 가기 전에, 많은 시간이 주어지지 않을 것이기에, 이제는 잠시 멈추어 서서 꼭 지켜야 할 약속을 행해야 하지 않을까 싶다.

끝에 이르기 전에 조금이나마 주어진 시간이 남아있다는 것을 감사해야 하지 않을까 싶다. 아무것도 할 수 없는 시간이라면 후회와 아쉬움밖에 없을 것이기 때문이다. 오늘이 다 가기전에 행복하고, 오늘이 다 가기 전에 즐거워하고, 오늘이 다 가기 전에 기뻐해야 하는 것이 아닐까?

41. 천천히 올라가면 된다

우리의 삶은 끝없이 이어진 계단으로 이루어진 것이 아닐까? 태어나 자라면서 수많은 계단을 밟아 올라가야 했고, 성장하여서도 끝없이 올라가야 하는 계단이 놓여져 있다. 그 계단을 어떻게 올라가느냐가 우리의 삶을 결정하는 것이 아닐까?

〈 단계 〉

헤르만 헤세

모든 꽃이 시들 듯이
청춘이 나이에 굴하듯이
일생의 모든 시기와 지혜와 덕망도
그때그때에 꽃이 피는 것이며
영원히 계속될 수는 없다
생의 외침을 들을 때마다 마음은
용감히 서러워하지 않고

새로이 다른 속박으로 들어가듯이
이별과 재출발의 각오를 해야 한다.
대개 무슨 일이나 처음에는 이상한 힘이 깃들어 있다
그것이 우리를 지키며 사는 데 도움이 되는 것이다
우리는 공간을 명랑하게 하나씩 거닐어야 한다
어디서나 고향에 대해서와 같은 집착을 느껴서는 안 된다
우리의 정신은 우리를 구속하려 하지 않고
우리를 한 단계씩 높여주며 넓혀주려고 한다
우리 생활권에 뿌리를 박고
정답게 들어 살면 탄력을 잃기가 쉽다
여행을 떠날 각오가 되어 있는 사람만이
습관의 마비 작용에서 벗어나리라

죽을 때 아마 다시 우리를 새로운 공간으로 돌려보내서
젊게 꽃피워 줄는지도 모른다
우리를 부르는 생의 외침은 결코 그치는 일이 없으리라
그러면 좋아, 마음이여, 작별을 고하고
편히 있으라

　삶은 어떤 것과의 만남, 그리고 헤어짐의 연속일지도 모른다.
그러한 만남과 헤어짐이 우리를 삶의 한 단계씩 올려주곤 한다.

모든 경험은 우리를 그렇게 앞으로 나아가게 하는 것이지도 모른다.

우리의 삶에서 영원히 계속되는 것은 존재하지 않는다. 내가 인연을 맺은 사람도 언젠가는 떠나가게 마련이다. 내가 하는 일이나 그 다른 모든 것도 언젠가는 떠나갈 수밖에 없다. 하지만 그러한 과정이 우리를 더 높은 곳으로 인도하는 것은 분명한 것 같다. 그로 인해 우리는 한 단계씩 성장하여 더 나은 존재로 거듭나는 것이 아닐까 싶다.

어차피 떠나갈 것에 대해 집착할 필요는 없다. 모든 것을 내려놓고 있는 그대로 받아들이는 것이 더 나은 선택이 될 수 있을지도 모른다.

집착이나 욕심은 나 자신을 어느 한 단계에 머무르게 할 뿐이다. 그 어떤 것에도 구속되지 않고 자유로운 마음으로 살아가는 것이 진정 나 자신을 사랑하는 길이 아닐까 싶다.

어디까지 올라갈지는 모르나 내가 갈 수 있는 곳까지 주어진 나의 능력대로 묵묵히 그 계단을 오르는 일, 그것이 인생 그 자체라는 생각이 든다.

42. 삶이 나보다 크다

삶이란 내가 뜻하는 대로 되지 않는 경우도 많다. 전혀 예상하지 않았던 불행이, 미처 준비하지 못했던 일들이 그렇게 불현듯 우리 곁으로 다가온다. 우리가 살아가는 동안 우리에게 닥친 모든 것을 이겨낼 수 있는 사람은 존재하지 않는다. 그가 아무리 도인이라 할지라도, 깨달은 자라고 할지라도 삶은 인간보다 클 뿐이다.

정이현 〈삼풍백화점〉은 대학을 갓 졸업하고 사회생활을 막 시작한 젊은 청년의 비극적 죽음을 이야기하고 있다. 누구나 다 아는 삼풍백화점 사건이지만 그 사고로 인해 밝은 미래를 품고 살았던 젊은이의 죽음이 마음을 아프게 한다.

"1989년 12월 개장한 삼풍백화점은 지상 5층, 지하 4층의 초현대식 건물이었다. 1995년 6월 29일. 그날, 에어컨디셔너는 작동되지 않았고 실내는 무척 더웠다. 땀이 비 오듯 흘러내렸다. 언제 여름이 되어버린 거지. 5시 40분, 1층 로비를 걸으면서 나는 중얼거렸다. 5시 43분, 정문을 빠져나왔다. 5시 48분, 집에 도착했다. 5시 53분, 얼룩말 무늬 일기장을 펼쳤다. 나는 오늘, 이라고 썼을 때 쾅, 소리가 들렸다. 5시 55분이었다. 삼풍백화점이 붕괴

되었다. 한 층이 무너지는 데 걸리는 시간은 1초에 지나지 않았다."

친구를 남겨 두고 백화점을 나온 지 10분 만에 그 커다란 건물을 무너져 내렸다. 그 엄청난 잔해 속에 자신이 믿고 의지했던 소중한 친구는 묻혀 버렸다. 다른 누구보다도 힘이 되어주었던 사람이었는데, 자신의 속 마음을 터놓는 유일한 존재였던 그 친구는 그렇게 허무하게 세상을 떠나버렸다.

"그리고 많은 일들이 일어났다. 내 초록색 반투명 모토로라 삐삐에 안위를 묻든 메시지들이 가득 찼다. 저녁을 짓다 말고 찌개에 넣을 두부를 사라 삼풍백화점 슈퍼마켓에 간 아랫집 아주머니가 돌아오지 않았다. 도마 위에는 반쯤 썬 대파가 남아 있었다고 한다. 장마가 시작되었다. 며칠 뒤 조간신문에는 사망자와 실종자 명단이 실렸다. 나는 그것을 읽지 않았다."

무엇이 그들의 소중한 생명을 앗아간 것일까? 삼풍백화점 안에서 열심히 일하던 그들에게 무슨 잘못이 있던 것이었을까? 왜 이러한 일이 평범하게 살아가는 그들에게 일어나는 것일까?

"작고 불완전한 은색 열쇠를 책상서랍 맨 아래 칸에 넣어둔 채, 십 년을 보냈다. 스카치테이프나 물파스 같은 것을 급히 찾을 때 무심코 나는 그 서랍을 열곤 했다. R에게서는 한 번도 연락이 오지 않았다. R과 나의 삐삐 번호는 이미 지상에서 사라졌다. 사람들은 호출기에서 핸드폰으로, 아이러브스쿨에서 미니홈피로 자주 장난감을 바꾸었다."

마음속으로는 그 친구가 살아있기를 바라지만, 그럴 가능성은 없었다. 사망자의 명단을 확인하지 않은 것도 그러한 희망이 무참히 밟힐 것 같아서였다. 마음속에서나마 그 친구를 놓아주고 싶지 않았기 때문이었다.

　삶은 우리가 알지 못하는 것들로 가득 차 있다. 나의 삶의 주인인 나인 것 같으나 결코 그렇지 않다. 내가 조절할 수 없는 일들이 나의 삶에는 무던히도 일어난다. 삶은 존재적인 나보다 훨씬 크다. 우리가 어쩌지 못하는 것들로 가득 차 있는 것이 우리의 삶이 아닌가 싶다.

43. 강을 건너지 마오

소중한 사람의 죽음이 그리 멀지 않다면 그것을 바라보는 사람의 마음은 어떠할까? 서영은의 〈강물〉은 황혼의 남편을 바라보는 한 여인의 내면에 관한 이야기이다. 어쩌면 서영은 작가 자신의 이야기라는 생각도 든다.

"두 사람은 부부라고 하지만 나이 차이가 삼십 년이나 되었다. 남편은 여옥의 학교 때 은사로서 몇 년 전 상처를 한 뒤 여옥과 재혼했다. 여옥은 초혼이었다. 결혼 말이 오가며 그렁저렁 만날 때는 삼십 년이란 나이 차이가 어떤 것인지 미처 실감되지 않았다. 남편의 얼굴에 주름살이 한두 줄 더 많은 것만으로는 도무지 알 수가 없었다. 그가 오래 몸담고 있던 학계에서 정년퇴임을 한 지도 오 년, 3남 1녀의 자식에다 아홉 명의 손자손녀를 둔 할아버지라는 신상의 리얼리티 또한 비현실적이긴 마찬가지였다."

사랑은 마음적으로는 어떠한 것도 장애물이 될 것 같지는 않지만 현실은 그렇지 않다. 30년이라는 나이 차이에도 불구하고 그녀가 결혼을 선택한 것은 어떤 이유였을까? 그녀의 남편 또한 그러한 나이 차이를 알면서도 무엇이 그를 결혼하기로 결정하게 만든 것일까?

"그런데 부부로서의 인연으로 맺어져 한 이불 속에 들게 된 지금, 그녀가 알지 못하는 삼십 년의 세월은 도처에서 낯선 얼굴을 내밀었다. 찬장 가득 채워져 있는 두툼한 유리그릇들, 집 안 곳곳의 선반과 벽을 장식하고 있는 수집품들, 명절 때면 안방과 거실을 그득 채우는 친인척들, 그리고 제자들, 그들과 공유하고 있는 남편의 수많은 기억들, 여옥이 태어나기 훨씬 전에 발행된 장서들, 알지 못할 얼굴들과 함께 찍은 수많은 사진들, 항시 남편으로 하여금 뭔가를 찾게 하는 건망증, 그리고 시간에 쫓기는 일이 더 이상 없어진 한가로움 등등."

결혼하기 전에도 어느 정도는 예상하였을 것이다. 하지만 결혼 후에 직접 경험하는 것과는 그 예상이 많이 다를 수밖에 없었을 것이다. 그럼에도 불구하고 진정으로 사랑을 했기에 그 모든 것을 감당할 수 있었던 것이 아닐까? 진정한 사랑이 아니었다면 아주 사소한 것도 감당하지 못했으리라. 사랑은 그래서 힘이 세다.

"억지로 펜을 들고 있어 보지만, 몸은 무겁고 마음은 구멍이 뚫린 듯 허전했다. 아마도 인생은 끝까지 다 살아 보아도 열심히 일한 자리에 이르러 보면 항시 허전함이 먼저 와서 기다리고 있는 그런 것일 것이다. … '내가 왜 어머니한테 편지 쓰기를 싫어했을까? 그토록 편지 받기를 고대하셨는데.' 이십 년 전에 이미 땅속에 묻힌 분이었다. 갑자기 던져진 그 말은 밑도 끝도 없는 것 같았으나 그 목소리에서 묻어나는 사무친 회한의 그늘은, 그가 다시 '나는 왜 이 시간이 이다지도 무서울까'하고 말한 그 마음자리로 되돌아가 있는 것을 말해 주었다. 술도 제자들의 응석도 여자의 교태도 그의 마음이 재촉하며 가는 걸음을 막지 못했던 것일까."

그녀의 남편은 이제 죽음이 멀지 않음을 알고 있었다. 아직 사랑하는 사람이 있기에 그 강물을 건너기가 두려웠을지도 모른다. 아직 더 많은 세월을 함께하기를 소원하기에, 그 두려움이 점점 커졌을 것이다.

그 모습을 보는 여인 또한 마음 한구석에 있는 왠지 모를 허전함과 안타까움이 계속되고 있는 것이 아닐까? 다른 것은 그렇다 치더라도 더 많이 사랑할 수 있는 시간이 부족하다는 것을 알기에 시간의 흐름이 아쉬울 수밖에 없었던 것은 아닐까?

44. 나의 무지개

⟨My heart leaps up rainbow⟩

William Wordsworth

My heart leaps up when I behold

A rainbow in the sky

So was it when my life began

So is it now I am a man

So be it when I shall grow old,

Or let me die!

The child is father of the Man

And I could wish my days to be

Bound each to each by natural piety!

〈하늘의 무지개를 볼 때마다〉

윌리엄 워즈워스

하늘의 무지개를 볼 때마다
내 가슴 설레느니
나 어린 시절에 그러했고
다 자란 오늘에도 매한가지
나이가 들어도 그렇지 못하다면
차라리 죽음으로 거둬가소서
어린이는 어른의 아버지
바라노니 나의 하루하루가
자연의 경건함으로 매어지고자

　나의 가슴을 뛰게 만드는 것은 무엇이 있는 걸까? 나의 마음을
설레게 하는 것은 지금 어떤 것일까? 내가 살아있음을 느낄 수
있는 것, 그것이 없다면 오늘을 살아가는 기쁨이나 행복을 느낄
수 없을 것이다.
　무지개만이 나의 가슴을 설레게 하지는 않을 것이다. 나를 설레
게 하는 것은 무한히 많을 수 있다. 그것은 오로지 나에게 달렸을

뿐이다.

어떤 이는 가슴을 뛰게 만드는 것이 하나도 없다고 불평을 하지만, 어떤 이는 너무 많은 것이 가슴을 뛰게 만들기도 한다. 똑같은 것이어도 누구에게는 가슴 설레는 일이지만, 누구에게는 아무런 감흥도 주지 못한다.

어렸기 때문에 가슴이 설레는 것도 아니고, 무지개였기에 마음이 뛰는 것만은 아닐 것이다. 보다 많은 것에서 삶의 기쁨과 행복을 느낄 수 있는 것이 있다면 그만큼 우리의 삶은 풍요로운 것이 아닐까 싶다.

오늘 내가 행복할 수 있는 것은 무엇일까? 나는 오늘 무엇에서 가슴 설레는 것을 경험할 수 있을까? 나는 오늘 살아 있음을 어디서 느낄 수 있을까? 나 스스로 그러한 것을 조그만 것에서 찾을 수 있도록 노력한다면 매일 행복할 수 있을 것이란 생각이 든다.

무지개가 하늘에 나타나면 분명 가슴이 설레기는 하지만 매일 무지개가 생기는 것은 아니다. 하지만 스스로 무지개를 만들어낼 수 있다면 날마다 가슴 설레고 마음이 뛰는 그러한 삶이 계속되는 것이 아닐까?

나만의 무지개를 하나씩 하나씩 추가하다 보면 무지개가 뜨는 날을 기다릴 필요도 없지 않을까 싶다. 나의 무지개는 나의 마음에 매일 뜨고 있기 때문이다.

45. 하늘의 융단을 깔아

⟨The Cloths of Heaven⟩

William B. Yeats

Had I the heaven's embroidered cloths,
Enwrought with golden and silver light,
The blue and the dim and the dark cloths
Of night and light and the half light,
I would spread the cloths under your feet
But I, being poor, have only my dreams
I have spred my dreams under your feet
Tread softly because you tread on my dreams.

〈하늘의 융단〉

윌리암 버틀러 예이츠

금빛 은빛 무늬로 수놓은
하늘의 융단이,
밤과 낮과 어스름의
푸르고 침침하고 검은 융단이 내게 있다면,
그대의 발밑에 깔아드리련만
나 가난하여 오직 꿈만을 가졌기에
그대 발밑에 내 꿈을 깔았으니
사뿐히 밟으소서, 그대 밟는 것 내 꿈이오니

  나에게 정말 소중한 사람이라면 내가 가지고 있는 모든 것을 꺼
내어주어도 부족할 것이다. 내가 가지고 있는 것뿐만 아니라 없
는 것마저 구해서 전해주고 싶을 뿐이다.
  하지만 사람의 관계라는 것은 어떻게 될지 모르는 것 또한 사실
이다. 내게 있는 모든 것을 아낌없이 주었건만, 그것을 잊은 채
그 사람을 나를 버리고 떠날 수도 있을 것이다.
  아무리 많이 주어도 그것을 알지도 못할 수도 있고, 기억하지
못할 수도 있으며, 잊어버린 채 나에게서 멀어져 갈 수도 있다.
  그럼에도 불구하고 미래는 생각하고 싶지 않다. 내가 준 모든

것을 알지 못해도 상관이 없다. 나의 마음으로 그 모든 것을 준 것으로 만족하고 말리라. 그가 내가 해 준 것을 잊어버리고 언젠가 떠날지라도 그저 나의 시간을 그를 위해 보냈던 것으로 만족하고 말리라. 무언가를 기대하고, 그동안 해 주었던 것을 생각하지 않으리라. 내가 받는 것이 하나도 없고, 나 자체마저 잊힐지라도 그냥 그것으로 만족하리라.

46. 객관적인 해석도 주관적일 뿐

우리는 살아가면서 우리 주위의 세계를 객관적으로 인식하는 것이 중요할 수밖에 없다. 세계에 대한 해석에서 자신의 주관적인 인식은 어쩌면 커다란 착오가 될 수 있기 때문이다.

하지만 세계에 대한 완벽한 객관적인 해석은 불가능하다. 어떠한 인식이나 이해도 자신의 주관을 떠나서는 가능하지 않기 때문이다.

"객관성이란 이해관계를 떠난 사유가 아니다. 모든 것은 단지 하나의 관점에 입각한 '앎'일 따름이다. 하나의 대상을 보기 위해서 보다 많은 다양한 눈을 사용할수록 그 대상에 대한 우리의 개념과 객관성은 보다 완벽해질 것이다. (니체, 도덕의 계보)"

객관적 인식을 중요하게 생각하는 것은 대부분의 사람들의 세계에 대한 인식이나 해석이 상당히 주관적인 것으로 치우쳐 있기 때문이다.

자신이 생각하는 것이 옳고 상대가 생각하는 것은 틀리기에 이에 대한 비판이나 비난을 하는 것이 대부분의 사회 현상인 것은 부인할 수 없는 사실이다.

타인을 비판하는 사람일수록 자신을 객관적으로 바라보지 못하는 것일 수 있다. 어떠한 것이 옳은지, 옳지 않은지의 기준을 자신으로 삼기에 더욱 그렇다. 심지어 자신이 생각하거나 판단하는 기준을 자신으로 삼고 있다는 사실조차 잊는 경우도 흔하다.

아이작 뉴턴은 자연에서 일어나고 있는 물리적 현상을 이해하기 위해 그 기준을 시간과 공간으로 삼았다. 기준이 없이는 어떠한 자연 현상도 서술할 수가 없다. 뉴턴은 가장 근본적이고 변하지 않는 것이 기준이 되어야 한다고 믿었기에, 그 기준을 시간과 공간으로 했던 것이다. 시간과 공간은 절대 불변이라는 것에 그 누구도 의심하지 않았기에 모든 사람들이 그 기준을 당연하다고 받아들이는 데 있어 아무런 문제가 없었다. 하지만 절대시했던 그 시간과 공간마저 절대적이지 않다는 사실을 아인슈타인이 증명했다.

시간과 공간도 절대적이지 않은데 우리는 왜 자기 자신이 생각하는 것이 항상 옳다고 하는 것일까? 우리 자신이 말과 행동을 할 때 본인은 상당히 객관적이라고 생각하고 있지만, 그것이 상당히 주관적이라는 사실을 알고는 있는 것일까?

자신은 객관적이 되기 위해 엄청난 노력을 하고 있다고 한다해도 그 사실조차 주관적이라는 것을 인식할 필요가 있다. 세계는 있는 그대로, 존재 그 자체로 받아들이는 것이 아마 가장 객관적인 것이 아닐까 싶다.

47. 남겨진 것에서

〈초원의 빛〉

월리엄 워즈워스

한때 그처럼 찬란했던 광채가
지금 눈앞에서 영원히 사라진다 하더라도,
초원의 빛, 꽃의 영광으로 채워졌던
그 시간이 다시 올 수 없다 하더라도,
우리는 슬퍼하지 않고, 오히려
남겨진 것들에서 힘을 찾으리라,
지금까지 있었고 그리고 영원히 함께할
원초적 교감 속에서,
인간의 고통 속에서 샘솟아
위로가 되는 생각 속에서,
죽음 너머를 보는 믿음 속에서,
마음을 지혜롭게 하는 세월 속에서.

지금 내가 가지고 있는 것은 원래 내 것이 아니었다. 과거에 나에 속했던 것도 원래 내 것이 아니었다. 나는 이 세상에 올 때 아무것도 가진 것 없이 왔다가 이 세상을 떠날 때 역시 아무것도 가지고 가지 못한다.

많은 것을 잃어도 실망을 할 필요가 없다. 원래 그것은 내 것이 아니었다. 나에게 속해 있는 것, 그 모든 것은 언젠가 나로부터 떠나고 만다.

지금 남겨진 것이 있는 것만으로도 감사해야 하지 않을까 싶다. 그것도 내 것이 아니었는데 아직 내 곁에 있으니 얼마나 다행인 것인가.

남겨진 것에서 행복과 만족을 느낄 수 있어야 하지 않을까 싶다. 잃어버린 것에 집착하거나 미련을 가질 필요가 없다. 원래 내 것이 아니었거늘, 돌아오면 좋지만 그렇지 않는다 하더라도 그것이 어쩌면 당연한 것인지도 모른다.

바라지 않는 마음이 나의 내면을 성장시키는 것이 아닐까 싶다. 모든 것이 사라진다 해도 나 자신은 존재하고 있다. 그 존재 자체만으로도 감사할 필요가 있지 않을까. 아직은 이 땅에 살아 있는 것만으로도 나는 행복할 기회가 남아 있으니 말이다.

48. 보이지 않았던 것들

〈수선화〉

윌리엄 워즈워스

산골짜기 위 높이 떠도는 구름처럼
난 외롭게 혼자 떠돌았네.
그리곤 보았네, 한 무리의 금빛 수선화를
호숫가 나무 아래, 바람에 가볍게 흔들리며 춤추는.
꽃들은 은하수의 별들처럼 이어져
물가를 따라 한없이 줄지어 피어 있네.
무수한 꽃들이 한눈에 들어오네
꽃송이들을 바람에 나부끼며 춤추면서.
물결도 그 옆에서 춤추었지만,
꽃들의 즐거움을 따라잡지 못하네.
눈 앞에 펼쳐지는 재미난 풍경에
시인은 마냥 즐겁기만 하네.
난 보고 또 보았는데. 하지만 그 풍경이

이후 나에게 얼마나 소중한 것이 될 것인지
그때는 몰랐었네.
때로는 쓸쓸하고 멍한 생각으로 자리에 기댈 때,
마음속에 불현듯 수선화가 떠오르는데
이는 외로움의 축복이네.
그때 내 마음은 기쁨으로 가득 차
수선화와 함께 춤추네.

　평상시에는 보이지 않지만, 힘들거나 외로울 때 보이는 것이 있다. 어쩌면 그것이 우리의 삶을 한 차원 높은 곳으로 인도하는 것인지도 모른다.

　행복하고 부족함이 없는 시절엔 보이지 않았던 것들이 불행과 어려움의 시기에 보이곤 한다. 그것이 우리를 더욱 성숙시킬 수도 있다.

　수많은 순간들이 있지만, 모든 것이 완벽한 순간은 존재하지 않는다. 외롭고 힘든 시기도 누군가에게는 있기 마련이다. 많은 것을 잃어버리는 때도 있지만 무언가를 얻는 때도 있다. 내가 바라는 것이 이루어지지 않는 경우도 있고, 내가 원하지 않는 것이 나에게 다가오는 때도 있다. 모든 순간을 그냥 받아들임으로써 나에게 주어진 길을 가야 하는 것이 아닐까 싶다.

　전에는 보이지 않았던 것들이 보이고 그것으로 인해 남겨진 순

간들을 후회 없이 살아가는 것이 최선이라는 생각이 든다. 나의
마음에 수선화는 그렇게 피어날 것이다.

49. 구름과 같은 것일까?

〈나는 구름처럼 외롭게 방황했네〉

윌리엄 워즈워드

계곡과 언덕 위로 높이 떠다니는
구름처럼 외롭게 방황하다
문득 나는 한 무리를 보았네.
수많은 황금빛 수선화들
호숫가 나무 아래서 미풍에 나부끼며 춤추는 것을.

그들은 은하수에서 빛나고 반짝이는
별들처럼 이어지고,
만의 가장자리를 따라
끝없는 선 속에 펼쳐져 있었네
나는 한눈에 보았네. 수천 송이 수선화가
머리를 흔들며 흥겹게 춤추는 것을.

물결도 그들 옆에서 춤추었지만 꽃들은
환희 속에서 활기 넘친 몸짓을 했네
시인은 기쁘지 않을 수 없었네,
그토록 명랑한 무리 속에서
나는 바라보고 바라보았지만 거의 생각할 수 없었네
그 광경이 얼마나 값진 것을 내게 가져다 주었는지를.

　우리의 삶은 구름과 같은 것인지도 모른다. 나의 뜻과 의지대로 되지 않은 채, 대기의 흐름에 따라 흘러갈 수밖에 없는 그런 구름과 비슷한 처지일 수도 있다.

　내가 원하는 대로, 바라는 대로 가기도 하지만, 많은 경우 우리의 인생은 그리 순탄하지 않게 원하지 않는 곳으로 혹은 가고 싶지 않은 곳으로 인도 되어지기도 한다.

　그렇다면 차라리 구름처럼 흘러가는 대로 내버려 두는 것이 마음 편한 것일까? 아예 모든 것을 나의 삶이 가는 대로 맡겨 버리는 것이 더 나은 것일까?

　나의 한계를 깨달을 때 인생이 소중하게 느껴지는 것이 아닐까 싶다. 비록 내가 원하는 대로 나의 인생이 흘러가지는 않지만, 오히려 그곳에서 더 아름다운 순간을 맞이할 수도 있을 것이다. 어디에 있고 싶은 것을 떠나 내가 있는 그 자리에서 소중한 것들을 발견하려고 노력해야 하지 않을까?

　아쉬움이 많이 남는 그런 시간들이 있기도 하지만, 나의 능력을 벗어나는 것은 어쩔 수 없을 것이다. 의지대로 된다면 좋겠지만, 삶은 그렇게 만만하지가 않다. 원하는 것들이 이루어지면 좋겠지만 그렇지 않을 경우가 훨씬 많다.

구름처럼 외롭게 흘러가다가 어느 순간, 내가 생각지도 않은 곳에서 아름다운 것들을 만날 수 있기를 희망한다. 그 아름다운 것이 나의 존재를 충분히 위로해 줄 수 있으리라 생각된다.

별을 가슴에 묻고

정 태 성 수필집 　　　 값 12,000원

초판발행　2022년 12월 1일
지 은 이　정태성
펴 낸 이　도서출판 코스모스
펴 낸 곳　도서출판 코스모스
등록번호　414-94-09586
주　　소　충북 청주시 서원구 신율로 13
대표전화　043-234-7027
팩　　스　050-4374-5501

ISBN　979-11-91926-55-2